JN119877

不協和音３

刑事の信念、検事の矜持

大門剛明

PHP
文芸文庫

○本表紙デザイン＋ロゴ＝川上成夫

不協和音3　刑事の信念、検事の矜持【目次】

主な登場人物

川上祐介（かわかみゆうすけ）
太秦署刑事。三十三歳。父の大八木宏邦は名刑事だったが、久世橋事件でマスコミから冤罪刑事と呼ばれる。両親の死後、母の実家で育てられ、川上姓となる。

唐沢真佐人（からさわまさと）
京都地検の検事。東大出の三十二歳。祐介の弟。養父は父の親友で検事の唐沢洋太郎。祐介と兄弟であることは周りに隠している。

宇都宮実桜（うつのみやみお）
左京法律事務所の弁護士。二十七歳で小柄。西陣織で有名な老舗呉服問屋の娘。

有村秀人（ありむらひでと）
太秦署刑事課係長。四十二歳で日本人離れした筋肉の塊のような大男。もと不良。

平松樹生（ひらまつみきお）
嵯峨野西交番勤務の制服警官。京大出の二十八歳。天職に巡り合ったと満足している。

安田富夫（やすだとみお）
太秦署署長。心配性で責任回避に一生懸命。

中原葉月（なかはらはづき）
太秦署の女性刑事。刑事になって七年、三十四歳。面倒見がよく、仕事は丁寧。

武内真也（たけうちしんや）
太秦署の刑事。裕介より一回り上。大学時代は柔道で全国三位になった。

小寺順平（こでらじゅんぺい）
京都府警捜査一課警部補。五十過ぎのベテラン。剣道有段者で若い頃は機動隊にいた。

不協和音3

第一章　メドゥーサの証言

1

いつの間にか、おかしな癖がついている。

取調室の壁にもたれながら、川上祐介は被疑者の足元に視線を落とした。被疑者が不審げにこちらを見たので、ごまかすようにパイプ椅子を引く。

「当時の状況ですが、これでいいですか」

祐介は取調べた内容を読み聞かせていく。

男には窃盗で前科がある。今回は下着泥棒で住宅に入ったところ、家人に見つかり、騒ぎになったというだけの事件だ。

「つい出来心なんです。どうか本当、頼みますわ」

起訴猶予にしてくれと男は懇願していたが、それはこっちの役割じゃない。あのいけすかないあいつに懇願してみることだ。もっともまるで無意味だろうが。

祐介はもう一度立ち上がると、考え事をしているふりをして被疑者の足元を見た。

最近、気づけば人の足の大きさをチェックしてしまう。見るのは被疑者の足だけじゃない。参考人や、初めて会う仲間の警察官でもそうだ。

「あの、刑事さん、どうしました?」

目が合った。さすがに足元ばかり見ていれば変に思うだろう。何気(なにげ)ないふりをして聞いてみた。

「足のサイズ、いくつですか」

「はあ?」

きょとんとした顔で、被疑者はこちらを見た。

「二十五センチですけど」

そう言って、靴の裏を見せてきた。

「へえ、もっと大きいかと思いましたよ」

祐介の言葉に、男は唾をごくりと飲み込む。何か重要な意味があるのかと不安にさせてしまったようだが、捜査には全く関係ない。体格の割に大きくなかった。人の足のサイズは、ぱっと見ではよくわからない。とりあえず判明したのは、こいつじゃないということだ。

冷静に考えれば、ばかばかしいとは思う。だが意識は常に追い求めている。

「それじゃあ、ここに指印もらえますか」

「は、はい」

身柄を留置担当官に引き継ぐと、部屋へ戻って報告書を作成し始めた。

毎日、何かしらの事件が起きる。祐介の所属する刑事課では強盗や殺人のような凶悪事件を主に扱っている。

「川上くん」

顔を上げると、ほんのりと花のような香りがした。

太秦署の同僚刑事、中原葉月だ。

「例の放火事件だけど、どうなった？」

「逮捕までは難しそうです」

太秦署の刑事、武内真也と一緒に探っている件だ。犯人ではないかと疑っている男はいるのだ。武内は絶対にそいつだと言っているし、祐介も怪しいと思う。しかし唯一の証拠である目撃証言がいまいち信頼できない。きっと逮捕しても不起訴になるだろう。

「そっかあ。こっちは進展あったわよ。ストーカー被害で相談受けていた件」

盗まれた女性の靴が男の自宅から大量に見つかり、逮捕にこぎつけたそうだ。

「靴フェチかあ。時々ありますよね、そういう犯罪」

ずらりと並ぶ証拠品の写真を見せられた。ハイヒールやサンダル、ナースシューズなんてものまである。

「中原さん、足のサイズと体の大きさは比例しないんですかね」

「はあ？　何でそんなこと聞くの」

いえと言って口ごもり、さっき取調べた被疑者が思ったより足が小さかったからと答える。

「よくわかんないけど、足のサイズと肘から手首までのサイズは同じくらいって聞いたことがあるわよ」

「えっ、本当ですか？」

引き出しから定規を取り出し、自分の肘に当てる。二十八センチ、か。微妙に足りない。

「川上くんって足、大きいよね。ひょっとして二十八・五センチ以上ある？」

「ええ。そうですが」

祐介が応えると、葉月は微笑んだ。

「靴のサイズが二十八・五センチ以上の男は浮気しやすいんだって」

意表を突かれて絶句する。

「アメリカで行われた調査結果だから、日本人だとちょっと違うかもね。二十八センチを超えている人の割合は二パーセントもないそうよ」

どこまで本当なんだか。

だが一ついいことを聞いた。今度からは足じゃなく腕を見ようと思う。その方が自然だ。

二十八・五センチ。

それはある事件で犯人が残したとされる足跡のサイズだ。

久世橋事件。

三十一年前、大山三郎兵衛という老人が殺されて三千万円以上の現金が盗まれた。まもなく西島茂という人物が逮捕される。彼を取調べて自白させたのが祐介の父、大八木宏邦だった。それから九年後、西島は再審で無罪となった。父は冤罪を生み出した刑事として周囲に責められ、失意のうちに死んだ。

西島の嘘にみんなが騙されているだけじゃないか。とても冤罪だなんて信じられなかった。だが去年、西島は死に際して祐介に言い残した。自分は無実であると。そして祐介の父は西島に謝罪し、彼のために犯人を探そうとしていたのだと知った。

とっくに時効を迎えている事件であり、警察の捜査は既に打ち切られている。それでも、自分の全てをかけて本当の犯人を見つけ出したい。そう思っている。

その日は平穏に過ぎ、報告書を書くと太秦署を出た。

祐介はバイクを走らせる。これから会うのは、久世橋事件のことで相談をしている元警察官だ。当時のことをひそかに調べるなら捜査本部にいた警官がいいが、信頼できる人は少ない。大八木の息子だということは秘密にしているし、探っていることが勘繰られると面倒だ。その点、その人物はこちらの事情も知っているし、信頼に足る人物だ。

加藤博行、元巡査長。

彼はある事件が原因で警察を辞めたが、顔が広く、知人も多くいる。彼のつてをたどって当時の情報が得られないかと思って話を持ち掛けた。今までは人に頼るなんてことは考えたこともなかったが、そうも言っていられない。西島の死を経て、焦りが大きくなっていた。

バイクで広い通りに出た瞬間、祐介は目を開く。

西の空が燃えている。

「火事か、まさか」

声に出した刹那、赤い炎が天を突くように駆け上った。

思ったよりも近い。もしかすると、さっき葉月と話した放火事件と関係があるかもしれない。方向転換すると、急いで向かう。

「うわ、むっちゃ燃えとるやん」

「マジでやべえ、超やべえ」

若者たちが数人、楽しそうにスマホで撮影している。野次馬が何人も集まってい
た。燃えているのは小さな一軒家だった。

「消防はまだか」

「男の子が中におるらしいで」

火の勢いは激しく、すぐ脇には地面にへたりこんでいる女性がいる。すすだらけ
の顔で、げほげほと咳きこんでいた。

「お子さんが中にいるんですか」

「そうです。通りがかった駐在さんが助けに行ってくれましたけど」

「えっ、この中に飛びこんだんですか」

「そうよ」

体を震わせ、涙がこぼれる。

「瑞希！　瑞希を助けて！」

火の粉が舞い、離れていても頬が熱い。

駐在、と聞いて思い浮かんだのは知り合いの平松巡査だったが、よく考えるとあ

いつの担当地区とは違う。いったい誰なのかわからないが無事であってほしい。

異様なほど火の回りが早く、勢いは増すばかりだ。

「みなさん下がってください。下がって」

祐介は増え続ける野次馬に向かって声を張り上げる。

「何やお前、撮影の邪魔すんなや」

スマホを手にした若者に怒鳴られた。負けずに睨みつける。

「俺は警察の人間だ。住民の安全を守るのが仕事なんだよ。野次馬なんて恥ずかしいと思わないのか」

警察と聞いた途端、若者は仲間と逃げていった。何とも困った連中だ。

しばらくして、消防車が到着した。

母親が叫び続ける中、消火活動が始まった。

この火の勢い、やはり放火だろう。例の放火事件と同じ犯人がやったかもしれない。消防隊員が中へ突入しようとした時、ガラスの割れる音がした。

中から、人影が姿を見せる。

誰もが息を飲む。ゆっくりと近づいてくる男の腕には、小さな子どもが抱きかかえられていた。絶対にこの子だけは守る。そんな強い覚悟を感じた。

「瑞希、瑞希！」

叫び声に呼応するように、子どもが男の手を離れて母親にしがみつく。

「ママ！」

どうやら無事のようだ。肩の力が一気に抜けていく。奇跡的。そうとしか言いようのない救出劇だ。

「ありがとうございます。駐在さん、本当にありがとう」

子どもが母親の元へ無事に戻ったのを見届けるように、駐在と呼ばれた男は倒れこむ。着ていたのは制服ではなく私服であり、随分と焼け焦げていた。おそらく子どもを守るようにその身を盾にしていたのだろう。意識がないところを見ると、危険な状態かもしれない。

祐介はストレッチャーに乗せられた男の顔を見た。

「……加藤さん？」

見間違いかと思ったが、そうじゃない。

運ばれていくのは加藤博行だった。これから会う約束をしていたというのに、まさかこんなことになるなんて。

どうか助かってくれ。

今はそう祈るしかなかった。

2

眠れないまま、一晩明けた。

火事は祐介の思ったとおり、放火だった。

現場となった福田家の隣は空き地だったが、その一帯に灯油がまかれていたのが確認されている。

祐介は葉月と一緒に聞きこみに出た。

「逃げていく男の姿を見たということですが」

帰宅途中に火事を見たという、近所に住むサラリーマンに話を聞く。

「ええ、見ましたよ。ポリタンクみたいなものを空き地に投げ捨てるから、違法投棄かって思いましたもん」

「その時の状況について詳しく教えてください」

男はうなずき、前を指差す。

「あの辺りかな。男が何かを投げ捨てて空き地の向こうに走っていったんです。それで角のところに停まっていたミニバンに乗りこんで消えていった。変だと思っていたら灯油のにおいがするって気づいて、見たら空き地に火の手が上がってたんです」

「男の特徴については？」

祐介は前のめりになりながら聞いた。

「ううん、突然のことだったし……」

「身長とか年齢、服装、何でもいいんです」

「若い男だってことくらいしか覚えていないなあ。火事がすごくてそっちに気を取られてちゃって。家が燃えている動画ならあるけど、見ます？」

結構です、と断った。犯人の動画があるなら別だが。

「車の特徴や、ナンバーとかは覚えていますか」

「黒に近い緑色でしたよ」

「確かですか」

「はい」

礼を言って、男と別れる。武内と捜査中の放火事件のことが頭をよぎっていた。犯人ではないかと疑っている男、そいつの車もミニバンで同じ色だということが気になった。

その後も現場付近で粘(ねば)ったが、有力な情報は今一つというところだ。聞きこみを一時中断して、病院へ向かうことにした。

救出された男の子は無傷だったが、念のために一晩入院していると聞いた。だがそれよりも加藤の方だ。見るからに重傷だったので、安否を確認しに飛んでいきたくて仕方なかった。

「救出の時、火事の被害者の方から駐在さんって呼ばれていたんですよ。加藤さんが交番勤務をしていた頃からの顔見知りだったみたいで」

「へえ。さすが地域に愛されていたお巡りさん、ね」

「警察を辞めてからも、馴染(なじ)みの町を散歩と称してパトロールしていたようです」

昨日も祐介との待ち合わせ前に遠回りをして、地域の安全を見守っていたのだろう。運ばれていった時の姿が頭からずっと離れない。

病院へ着くと、加藤は面会謝絶(しゃぜつ)だった。

通りがかった医者を捕まえて、容体(ようだい)について問いかけた。

「命はとりとめましたが意識が戻らず、予断を許さない状況です」

「そんな」

まさかこのまま目を覚まさないなんて……。浮かんだ考えを必死に打ち消す。

「何てことだよ」

後ろで声がしたので振り返ると、太秦署の刑事、武内真也が立っていた。今の話を聞いていたのだろう。顔が青ざめている。

「川上。サラリーマンが犯人らしき男を見たって話だが、どうなった?」

「特徴は若い男としか。それと暗い緑色のミニバン。周辺の防犯カメラを確認中です」

「くそ、目撃者は他にいないのか」

今のところ、火災が発生する前から見ていた者は他にいない。だが……。

「もしかすると加藤さんが犯人を見ていたかもしれません」

祐介の言葉に武内は声を荒らげる。

「とても話なんか聞ける状態じゃないだろう。くそ、早く回復してくれよ、加藤さん」

祈るようにつぶやくと背を向ける。武内はそのまま去っていった。

葉月が小さい声で尋ねてきた。

「武さんって加藤さんとどういう関係なの?」

「地域課にいたころ、随分と世話になっていたようで」

自分だって加藤との関係は深い方だとは思うが、武内と加藤の付き合いはもっと長いわけで、心配するなという方が無理だろう。まあ、いつまでもここで回復を待つわけにもいかない。もう一つの病室へ行くことにする。

火事の中から助け出された男の子も、犯人を目撃していた可能性がある。

福田瑞希。小学一年生。共働きの両親と三人暮らしだが、事件当時は一人で留守番をしていたそうだ。突き当たりの病室から人が出てきた。祐介たちだとわかるとぺこりと頭を下げる。瑞希の両親だった。

「昨日はどうも。あの、駐在さんは？」

さっき聞いた加藤の容体について伝えると、母親は目を潤ませた。

「うちの瑞希を助けるために、こんなことになってしまって」

もし加藤の身に何かあったらと考えると、子どもが無事だったとはいえ複雑な気持ちだろう。

「瑞希くんが無事で本当によかったです。加藤さんもきっと回復されますよ」

「そうだといいんですが」

父親は両手に荷物を持っていた。

「今から退院ですか」

「ええ、おかげさまで瑞希の検査結果は何ともなく。ただショックが大きかったみたいで……駐在さんとも仲が良かったですし」

祐介はうなずいた。

「瑞希くんは昨日の火事のことを何か話していますか」

両親はそろって首を横に振る。

「駐在さんは大丈夫なのかって、そればかりを聞いてきます。ね、あなた」

「そうだなあ。しゃべると言えば大好きなゲームのことばかりで。ショックな記憶から逃げようとしているみたいです」

「そうですか」

福田家は全焼してしまったので、近所にある夫の実家にしばらく身をよせるそうだ。さっそくゲームを買い直して、瑞希の気が紛れるようにしてやりたいとのことだった。

今後について祐介は説明した。

「できるだけ早い段階で瑞希くんから話を聞かせてもらいたいと考えています。もしかすると犯人逮捕につながる重要な事実を目撃している可能性がありますので」

うーん、と母親は頬に手を当てた。

「私たち親にも火事のことをしゃべれないのに、あの子が警察の方にお話なんてできるんでしょうか」

大丈夫と言おうとしたが、先に葉月が口を開いた。

「案外、親しい間柄じゃない方が打ち明けやすいということもあるようですよ。ご両親を心配させたくないからしゃべれない、というお子さんもいるみたいですから」

そうですかと母親は深くうなずく。

「私もあの子に色々と聞きたくてたまらないんですけど、こっちからは何も聞いてはいけないんでしょう？」

「ええ、そのとおりです」

葉月は励ますように微笑んだ。

「そこはお母さん、ぐっと堪えてください。できるだけ瑞希くんの記憶が歪まないようにしたいので。面接の練習もしないでくださいね」

「色々と気を遣うものなんですねえ」

祐介はうなずく。

「証拠として使える精度の高い情報を得るためです。それに事件のことを繰り返し聞かれるとストレスになりますので」

子どもへの事情聴取には、「司法面接という特別な方法が用いられる。トレーニングを積んだ人物が、できるだけ記憶の鮮明なうちに話を聞くことになっている。

「捜査へのご協力、よろしくお願いいたします」

頭を下げて、瑞希の両親と別れた。

容体に変化はないだろうとは思いつつも加藤のいる集中治療室へ寄った。近くの長椅子に家族らしき人たちがいるが、声をかけられるような雰囲気ではなかった。加藤のためにも早く犯人を捕まえたい。自分に今できることはそれだけだ。

駐車場の車に乗りこむ。

「ところで瑞希くんの司法面接って、誰がやるんですか」

司法面接は原則一回の実施とされていて、責任重大な役目だ。子どもも受けのよさそうな優しい女性が担当するのかと思いきや、葉月が口にしたのは意外過ぎる名前だった。

「唐沢(からさわ)検事よ」

「はあ?」

すっとんきょうな声が思わず出てしまった。

「何かおかしいことでも」

「いや、だって。よりにもよって唐沢検事だなんて、話を聞き出すどころか怖(こわ)がらせちゃうだけじゃないですか」

葉月がため息をつく。

「川上くん、知らないの。司法面接と言えば唐沢検事。有名よ」

「そうなんですか」

京都地検へ配属される前から、子どもが絡(から)む事件の調査に長(た)けているらしい。だがいくらそう言われても、あいつが幼い子を相手にしている姿が想像できない。

祐介はそっぽをむき、気づかれないよう顔をしかめた。

二日後、祐介は京都地検の一室にいた。

中原葉月の他、児童心理司とともにモニターをのぞく。そこには別室の映像が映し出されている。二つの椅子がハの字型に置かれていた。正面で向かい合わず、子どもに圧迫感を与えないための配慮らしい。

やがて部屋に若い男が入ってくる。

いつものスーツではなく私服だったので、一瞬誰かと目を疑った。京都地検の検事・唐沢真佐人は涼しい顔で椅子にゆっくりと腰かける。モニター越しに葉月が語りかけた。

「聞こえますか？　唐沢検事」

「大丈夫です」

イヤホンでつながっているので、こちらの指示どおりに質問してもらうことも可能だ。司法面接の様子はカメラで録音・録画されている。

しばらくすると母親に伴われて男の子が入ってきた。福田瑞希。そろえた前髪にストライプの長袖Tシャツを着ている。

祐介は小声で葉月に話しかけた。

「唐沢検事、本当に大丈夫ですかね。あんな冷たい目で見つめられたら子どもは怖がるでしょう」

「だから平気よ。検事は何でもできるから」

まるでスーパーマンのような言い方だ。

「淡いブルーのシャツが爽(さわ)やかで優しそう。いいお兄さんって感じだわ」

「そうですかね」

ひがみがなくもなかったが、いまいち信用できなかった。瑞希から話が聞けるのはこの一回の面接にかかっている。

モニター越しに見守る中、瑞希は椅子にちょこんと腰かけた。おびえた様子もなく、むしろ母親の方が心配して子どもから離れようとしない。説得されて、しぶしぶ部屋の外へ出て行った。

「こんにちは」

話しかけられて瑞希は口をつぐんだまま顔を上げる。

「今日は来てくれてありがとう。私は検事の唐沢といいます。よろしくね」

見たこともない柔(やわ)らかな表情に、祐介の顔が引きつった。

「それじゃあ瑞希くん、お約束だよ。今日は本当のことを話してください」

教育番組に出てくる歌のお兄さんのような口ぶりだった。

「はあい」

「じゃあ、聞くよ。瑞希くんは何をするのが好きですか」

「ゲーム！」

即答だった。意味のないやりとりに見えるが、緊張をほぐして話しやすい雰囲気を作り上げてから本題へ入っていくらしい。

「どんなゲームが好きなの？」

「モンスターを倒していくゲーム。ケルベロスとかグリフォンとか、いろんなモンスターが出てくるの」

「へえ」

「塔を上っていくと、モンスターがどんどん強くなるんだよ」

優しく話を聞いてもらえて瑞希は嬉しそうだ。いきいきとしゃべり続ける姿は、初対面とはとても思えない。

「さすがね。もう子どもの心を摑んでいるわよ」

祐介の横で葉月がささやく。

「唐沢検事はよく心得ている。誘導しないように気を付けつつ、自由報告を引き出している。オープン質問とWH質問の使い分けが絶妙だわ」

熱っぽく解説されても専門用語はわからないが、いい人だと思わせる仮面のつけっぷりだけは大したものだ。

「じゃあ次は、火事のあった晩のこと、聞かせてくれるかな。あの日に何があったか、最初から最後まで全部お話ししてください」

ようやく本題へと移ったようだ。

「うん。ゲームしながらお留守番してたの。もうすぐお母さんが帰ってくるかなって、おそとを見たら、人がいたんだよ」

何時ごろかと思ったら、瑞希は思い出したように付け加えた。

「七時五分だった」

よく覚えているものだなと祐介は思った。

「それから？」

「その人がお水をまいたの。そこから火が出て、魔法みたいだった」

放火の場面を見ていたということか。

「おうちが燃えて怖かった。でも、駐在のおじさんが助けてくれたの」

加藤のことだ。

「そうか。火をつけた人のこと、もっと教えてくれるかな」

「男の人。白い顔だった」

「それから？」

瑞希は小首をかしげる仕草をした。

「お父さんより若くて、背はお父さんよりちょっと高い」

はっきりと言い切るが、確かだろうか。

「他には？」

瑞希はしばらく黙りこんだ。

色白の若い男で中肉中背。情報としては乏しいが、これだけ覚えていれば子どもにしては上出来なのかもしれない。そう思った時、瑞希は右腕を押さえた。

「ここに顔があったよ」

「顔？　どんな顔かな」

「女の人の顔だよ。髪の毛は蛇なの」

蛇？　急に現実離れした話になってきた。葉月も横で苦笑いしている。どう切り返すのかと注視していると、瑞希にスケッチブックとクレヨンが差し出された。

「瑞希くん。その顔をお絵かきできるかな？」

「うん」

瑞希はクレヨンを奪い取るようにして握りしめた。画用紙いっぱいに、ゆっくりと弧が描かれていく。きっと七歳にしては上手なのだろう。髪の毛が特徴的だ。にょろにょろと四方八方に伸びている。

「瑞希くん、これって……」

「メドゥーサだよ」

質問を待たずに瑞希は大きな声で言った。

やはりか。ギリシャ神話に登場する怪物、メドゥーサ。髪の毛が生きた蛇で、その目を見ると石になってしまう。ゲームやアニメによく出てくるので覚えたのだろう。

「メドゥーサの顔が、男の人のどこにあったの？」

「ここだよ、ここ」

瑞希は肘と肩の間をぽんぽんと叩いて見せる。

その場所で間違いないようだ。真佐人がしつこく聞くが、服にプリントされていたとかではなく腕にあったようだ。

祐介ははっとして目を大きく開けた。

まさか、それって……。

もうしばらく司法面接は続いた。ただ犯人らしき男の情報はそこまでで、残りは加藤に抱かれて救出されるまでの話だった。

「今日はたくさんのことを話してくれてありがとう」

礼を言われて瑞希は小さくはにかむ。

やがて母親が迎えに来て、司法面接は終了した。

休憩（きゅうけい）を挟み、録画された映像を振り返りながら分析（ぶんせき）が始まった。

　葉月が前のめり気味に挙手をする。

「唐沢検事。司法面接、素晴らしかったです」

「いえ」

「ただ検事、子どもの言うことなんてどこまで信用できるんでしょう？　目撃したのが七時五分だとか、あんなにはっきり言われると逆に心配になりました」

「親の帰りを待つ子は時計ばかり見ているものですよ。利発な子だと思います」

　納得したようで葉月はうなずく。

「腕にメドゥーサの顔があったというのは、どういうことでしょう？」

「そうですね。それは……」

「きっとタトゥーのことですよ」

　祐介が遮った。早く口にしたくて我慢できなかった。

「腕に刻印があったとなれば、犯人を捜す大きな手がかりになります」

「最近はタトゥーシールなんてものもあるわ。簡単に貼ってはがすことができるから、今も犯人の腕にあるとは限らない」

　確かにそうだが、祐介はすぐさま反論する。

「でも本物のタトゥーだったとしたら……捜査の参考にはなるはずです」

　スマホで検索したが、メドゥーサのタトゥーは人気のデザインのようだ。瑞希が描いたメドゥーサの絵が提示され、ホワイトボードに情報がまとめられていった。

犯人と思われるのは色白の若い男で、身長は成人男性の平均くらい。右腕にメドゥーサの顔があった……。

やがて葉月は部屋を出ていった。

「川上さん」

背後から声がかかる。

振り返ると唐沢検事がにっこり微笑んでいた。横には事務官の女性がいる。

「瑞希くんの証言について、どう思われましたか」

「信頼できるんじゃないですか」

突然意見を求められたので、祐介はぶっきらぼうに答えた。

「絵まで描いているから信憑性は高いかと。これが手掛かりになって犯人を特定できるかもしれません」

「ほう」

何がほう……だ。祐介は内心で毒づく。

「もう少し川上さんと話がしたいので、先に行ってもらえますか」

「ああ、はい」

事務官が去っていくのを見届けると、その場に祐介と検事の二人きりになった。

検事はこれ見よがしにため息をつく。

「どういうことだ？　アニキ」

口調も急に変わった。苦笑いで応ぜざるを得ない。

この唐沢真佐人は祐介の実の弟だ。姓は違うし外見も似ていないため、二人の関係はごく一部の者にしか知られていない。いつものことなので気にはしていないが、今日は特に顕著なので吹き出しそうだ。いつものことなので気にはしていない。本当にこいつは表と裏がはっきりし過ぎなのを堪えるのがやっとだった。

「何か心当たりがあるんだろ」

「まあな」

気づかれていたのは癪だが、真佐人を出し抜いたようで気分は悪くない。

「絶対にそうだとは言い切れないが、俺は犯人に心当たりがある。最近取調べた中にタトゥーがある男がいた。左右どちらの腕だったかは覚えていないが、あれはメドゥーサだった気がする」

「それだけで疑うのか」

「最後まで話を聞け。その男にかけられたのは放火容疑だ。しかもそいつの所有している車は緑のミニバン。ここまで一致している」

真佐人は考えこむようにして、顎に手を当てた。

「その男の名前は？」

「藤野巧ってやつだ。決定的な証拠がなくて、逮捕に至らなかったが」

祐介はその時の捜査について、真佐人に詳しく説明していった。

「なるほど」

「やむなく逃がしたが、今でもクロだと思っている。だから今回の放火犯にメドゥーサのタトゥーがあったというなら、俺には藤野だとしか思えない」

「……かもな」

さかしげに真佐人は微笑んだ。

違うとでも言いたいのか。だが藤野が犯人であると突き止めて身柄を確保できたなら、さらなる放火を食い止めることができるのだ。

「それより真佐人、話は変わるが……」

加藤とはあの日、会う約束をしていた。そう言いかけてためらった。

「何だ、アニキ」

「いや、やっぱりいい」

小さく首を振る。

「じゃあな」

そう言って真佐人に背を向け、京都地検を後にした。

3

一人の男が取調室にやってきた。

祐介は記録を取りながら、無表情なその男を見つめる。藤野巧。二十歳で無職。少し前に別の放火容疑で事情聴取したばかりだ。

ミニバンの情報に加え、瑞希の証言、そして任意聴取で犯行をほのめかすような供述をしたことから、太秦署は藤野の逮捕に踏み切った。

だが藤野はいつまで経っても自白しない。

「俺はやってませえん」

わざと曖昧なことばかり言って遊んでいるかのようだ。

「藤野さん。十一日の午後七時ごろ、あなたはどこにいましたか」

「どこって言われても、すぐに思い出せるかよ」

藤野は机に肘をつき、考える仕草をした後で大げさに膝を叩いた。

「そうだ。コトネだ」

「コトネ？」

「金曜の夜だろ。そいつと一緒に鴨川にいたんだった」

藤野が言うのは宮城琴音という知り合いの女性らしい。アリバイがあるという主張だが、事実かどうか確かめてみる必要がある。

祐介は藤野の右腕をじっと見つめた。まくり上げられた上着の袖口から、メドゥーサが不気味に微笑んでいた。タトゥーが刻まれているのは右腕だ。瑞希の証言と一致している。

「ところでそのタトゥー、シールではなく本物ですよね」

念のために聞いてみたら、藤野はきょとんとした。

「シールですよ」

「えっ」

以前取調べた時と同じだったので、てっきり本物だと思っていた。祐介が驚いたのを見て、藤野はけたけた笑った。

「刑事さん、騙され過ぎ。どう見ても本物っしょ」

「なに?」

おちょくられただけだとわかり、祐介は憤慨する。すぐに横から葉月に肩を叩かれた。冷静になってと目で訴えられ、わかっている、と口パクで伝える。

大きく息を吐きだして、仕切り直した。

「それはいつ彫られたんですか。前の取調べの時には既にありましたよね」

「それ聞いてどうすんの」

「いえね、今回の事件で放火に巻きこまれた男の子が見たって言うんですよ。犯人の腕にメドゥーサのタトゥーがあったって」

「は？」

じわじわと状況が飲みこめたようで、藤野は声を荒らげた。

「ようやくわかったぞ。だから俺を逮捕したんだな」

眉間に深いしわが寄っている。

「子どもの言うことなんか真に受けんなよ。俺はやってないって言ってるだろ」

だが無視できない点がいくつもある。藤野の身長は瑞希の父親と同じくらいで、顔が青白く年齢も若い。タトゥーも加えたら、外見の特徴は瑞希の証言と完璧に一致している。所有している車だって緑色のミニバンだ。

「放火犯として何度も疑われること自体おかしいじゃないですか。本当のことを言ってくださいよ」

「だから俺は違うんだよ！　放火なんかやってないんだって」

わなわなと震えてから、藤野はそっぽを向く。

結局、藤野は最後まで犯行を認めようとはしなかった。

パソコンを片づけながら、葉月はつぶやいた。

「腕にタトゥーはあったけど、今一つね」

メドゥーサのタトゥーをしている人間なんて近くに何人もいるとは思えないが、このままでは起訴に持ちこむのは厳(きび)しいかもしれない。

「そうですね、他に決定的な証拠があればいいんですけど。まずはアリバイを潰(つぶ)すしかないでしょう」

ため息をついて取調室の外へ出ると、係長の有村秀人(ありむらひでと)がこちらに向かってきた。

「奴は吐いたか」

祐介はゆっくりと首を横に振る。

「いえ、係長、今のところ否認(ひにん)しています」

「藤野の所有しているミニバンから何か出たか」

「それがこれといって何も。車の中も自宅の部屋も、事件につながるものは何一つ見つかっていません」

有村は唇を噛む。強制捜査ができれば犯行につながる何かが見つかると踏んだ逮捕だったが誤算だった。

「またしても証拠不十分で逃げられるのか」

「いえ、そんなこと何度も許されるはずがないです」

「さてと、休んでいる暇はないわ。行きましょう」

「はい」

祐介は葉月について太秦署を出た。

チャイムを鳴らすと、アパートから一人の女性が出てきた。

「え、なに？」

警察手帳を見せると、目を丸くする。化粧が濃いが顔立ちにはあどけなさが残るので、未成年なのかもしれない。鼻や耳、唇にピアスをしている。

宮城琴音といって、藤野が犯行時刻に一緒だったと話していた女性だ。

「藤野巧が逮捕されたのはご存じですか」

はい、と琴音はうなずく。

「十一日の夕方、藤野はあなたと一緒にいたと言っていますが」

「それはほんとです。巧と一緒でしたよ。私、近くのハンバーガー屋でバイトしてるんですけど、終わったら六時ごろに会おうって約束してて」

「店まで迎えに来たんですか」

「いえ。四条烏丸で待ち合わせたんです」

「それから何をしていたんですか？」

「何って、ただ座ってしゃべってただけですよ。私が店で買ってきたハンバーガー食べながら、だらだら話すだけで」

「何時ごろに別れたんですか」

「ええとね、八時過ぎ。やらしいこと言うんで、ふざけんなって言ってさっさと帰りました」

「その間、ずっと一緒にいたということで間違いないですか」

「はい」

祐介と葉月は目を合わせてうなずいた。

「四条烏丸にある防犯カメラで、あなたと藤野の姿が確認できました。六時過ぎのことです。ですがその三十分後、藤野は一人で地下鉄駅構内のカメラにも映っていました」

「え、そうなんですか」

琴音は急にうろたえだした。

「六時過ぎに一緒にいたというのは本当でしょうが、八時まで一緒にいたというのは嘘ですよね」

「それは……あの」

やはり口裏合わせだったのか。

やがて、ごめんなさいと観念(かんねん)したように琴音は頭を下げた。

「あいつに頼まれたんです。警察に聞かれたらずっと一緒にいたことにしろって。六時に会ったのは嘘じゃないし大丈夫だろって」

半分本当で完全な嘘というわけではないから、アリバイに利用しようとしたのだ。悪知恵は働くが、駅構内のカメラに映っていることまで頭が回らなかったのだろう。

「藤野は墓穴を掘ったようね」

「ええ、今度こそ吐かせますよ」

意気ごんで太秦署に戻った。

太秦署内では酔っ払いが一人、大声で叫んでいた。

祐介たちと同じタイミングで、武内も戻ってきたところのようだ。どうしたのか呆然と立ち尽くしている。加藤が入院している病院に様子を見に行っていたらしい。

「武さん、加藤さんの容態は？」

祐介が問うと、武内は苦しげに首を左右に振った。

「一時的には意識を取り戻していたんだ」

「本当ですか」

「少しだが話すことができた。だが、すぐにまた気を失ってしまってな。火傷から感染して敗血症になってしまったらしい」

「敗血症？」

「今度こそ助からないかもしれん」

武内が顔を歪めたのを見て、ふつふつと怒りが込み上げてきた。加藤のことを思うといたたまれない。

祐介は藤野がアリバイの口裏合わせをしていたことを告げる。

「そうか。やっぱりな」

武内は鼻から息を吐き出す。

「ただ問題は、検事がどうするかだ。口裏合わせがあったってだけで、起訴することができるか？　物証はない。あるのは子どもの証言だけだからな」

「きっと大丈夫ですよ」

励ますように答えたのは葉月だった。

「というか唐沢検事なら起訴してくれるはず。自ら行った司法面接なんですから。瑞希くんの証言については誰よりも信頼しているに決まっています」

「それならいいが……」

武内は半信半疑という感じだったが、葉月は続ける。

「あの人は慎重ですけど、有罪だという確信があったら少しもためらいませんから。これで不起訴にするなら何のための司法面接ですか」

真佐人のことを心底信頼しているようだ。どこか嫉妬している自分がいたが、そんなことを考えている場合ではない。

後でこっそり電話をかけて本人に確かめてやろうと思ったが、その必要はなくなった。向こうからやってくる色白の優男の姿が見えた。

真佐人だった。

「唐沢検事。藤野のことですが、起訴できますよね」

葉月の問いに合わせて、全員が視線を向ける。ワンテンポおいて、真佐人の首はゆっくりと横に振られた。

「このままなら不起訴です」

その瞬間、空気が凍り付く。

「どうして……」

「瑞希くんの証言どおり、藤野の腕にはメドゥーサの顔がありました。他の特徴も一致している。だが、それだけでは厳しいでしょう」

藤野が犯人であるという可能性が高いのに、みすみす取り逃がすことなんてできない。不穏な空気が立ちこめる中、真佐人はもう一度、口を開いた。

「加藤さんのことは聞きました。藤野を起訴すべしという皆さんの気持ちはよくわかります。ですが現状では無理です。藤野が犯人で間違いないと言えるような、もっと決定的な証拠が欲しい」

「検事！」

大声をあげたのは武内だった。肩をいからせて今にも摑みかからんばかりに迫っていく。目が大きく開かれていて、怒りに満ちている。加藤のことがあるからだろう、こんなに怒る彼を初めて見た。対する真佐人はいつもと変わらぬ表情のまま武内を見返している。

「藤野は罪を逃れようとアリバイの口裏合わせをしていたんです」

武内は宮城琴音の話を伝えた。

「そんな奴なのに、それでも不起訴にするんですか」

「ええ。藤野の犯行を裏付ける証拠がないことには変わりませんから」

武内はちっと舌打ちをした。

「唐沢検事、あなたのことは信頼していますよ。ただ、もう少しやりようがあるんじゃないですか。起訴できないって、はなから決めつけているように見える」

「そういうわけではありません」

否定する真佐人に向かって、武内は大げさに両手を広げた。

「では瑞希くんが嘘をついているとでも」

「そんなことはないでしょう」

「だったらあれですか。司法面接だの専門的な偉そうなことを言っておいて、瑞希くんの証言には、証拠としての価値が全くないって言うんですか」

　真佐人はゆっくり首を横に振った。

「武内さん、何か誤解されているんでしょうか。私は瑞希くんの供述を信頼しています。だからこそ、このままでは藤野を起訴できないと判断しているんです」

「はあ？　どういうことです」

　意味がわからない。瑞希を信頼しているなら迷わず起訴だろう。周りもあっけにとられつつ、二人のやり取りを見守った。

「理由は瑞希くんの描いた、この絵です」

　真佐人はタブレットの画面に二つの写真を表示した。

「見てください。これは瑞希くんが司法面接の時に描いた絵です。そして、こっちが藤野の右腕にあったタトゥー」

　不気味なメドゥーサが笑っている。

「何が言いたいんです、検事？」

「私が注目しているのはこの部分です」

　真佐人は両方のメドゥーサの、顔から下のあたりを指さす。

「瑞希くんの描いたメドゥーサには、首から肩にかけての部分があります。一方、藤野のタトゥーのメドゥーサには首がない。この点が気になるんです」

武内は目を丸くした後、苦笑いした。

「そんな些細(ささい)なこと、たかが絵ですよ」

「でも明らかに違うでしょう」

「だったら瑞希くんが見たメドゥーサは、藤野のタトゥーとは別のものだと言うんですか」

「ええ。その可能性があります。記憶の汚染(おせん)があったかもしれません」

「…………」

武内は固まっていた。そのこぶしが小さく震えているのを見た時、祐介は割って入るように問いを発した。

「検事、はっきり言ったらどうです?」

「はっきり?」

「子どもの言うことなどあてにはできない。だから早く別の証拠を持ってこい……と」

真佐人は自分の行った司法面接にプライドを持っているのだろう。だからこそ瑞希の証言を大っぴらに否定するようなことは言えないのだ。絵が違うと言っても若(じゃっ)

干の違いに過ぎない。難癖をつけて、起訴できない言い訳をしているように映る。

「違いますか、検事」

真佐人に心酔している葉月ですら、微妙な表情を浮かべている。真佐人はタブレットを閉じて顔を上げた。

「どう思われたかは知りませんが、今のままでは不起訴です」

「検事」

「藤野を起訴しろと言われるのなら別の証拠を見つけてください。よろしくお願いします」

頭を下げると、真佐人は去っていく。

祐介たちはその背を苦々しい表情で見つめ続けた。

4

数日後、祐介は取調室にいた。

葉月の視線は以前より厳しいものになっている。横にいる武内もそうだ。祐介はパイプ椅子に座り、藤野に相対した。

「藤野さん、話してくださいよ」

アリバイの口裏合わせがばれてから、藤野は完全黙秘に転じた。

「あなたなんですよね、空き地に灯油をまいて放火したのは」

藤野は目を固く閉じて、だんまりを決めこんでいる。おそらく弁護士からの指示だろう。瑞希の証言以外には確たる証拠がないため、不起訴になると踏んでいるのだ。下手にしゃべって墓穴を掘るべきではない、そう教えこまれたのだろう。あれだけ軽口をたたいていたのにと思うと癪に障る。しびれを切らすように、武内が睨みつけた。

「いい加減吐けよ」

藤野は口元を緩める。その目はこちらを馬鹿にしているようにも見えた。

「おい、いつまで黙ってやがる」

今にも殴りかかからんばかりの武内を、祐介は押しとどめるので必死だった。

結局、この日も自白は取れなかった。

取調べが終わり、藤野は連れていかれる。その姿が消えると武内は悔しそうに両方のこぶしを合わせた。

「すまんな、川上。火が付いちまった」

興奮したことを武内は謝った。

「検事にあんな冷静に不起訴って言われても納得がいかない。加藤さんが今も苦しんでいることを思うと、なんとかして仇(かたき)を討ってやりたいって思うんだ」

「ええ。俺もそうです」

「悔しいが、確たる証拠を挙げるしかない」

瑞希の証言を裏付ける何か。それさえ見つければ真佐人も納得するだろうし、藤野も諦めて自白するかもしれない。だが捜査は暗礁(あんしょう)に乗り上げているというのが正直なところだ。

ここ数日、祐介は葉月とともに藤野の足取りを追っているが、犯行に結びつく決定的な証拠は見つからない。このままだと不起訴になり、再び藤野を逃がすことになる。

範囲を広げて聞きこみを続けた。

「うーん。特に変わったものは見とらんな」

「何か情報がありましたら、ご連絡ください」

現場近辺の防犯カメラも徹底的に調べているが、新しい情報は皆無だった。移動中、助手席の葉月が話しかけてきた。

「川上くんはどう思う？　藤野のこと」

「どうって？」

「唐沢検事は起訴できないって言ってたでしょ。加藤さんのことがあって私、気持ちがたかぶっていたけれど、今思うと彼の言うことも一理あるかなって」

元々葉月は真佐人に好意的だ。祐介はため息をつく。

「でも考えてみてください。メドゥーサのタトゥーなんて、この近辺で一体何人がしているって言うんですか。こんな偶然ありえませんよ」

葉月は首をかしげた。

「そうなのよねえ」

窓の外にはいつのまにか雨が当たっている。

加藤が命がけで瑞希を救ったのに、このまま不起訴で終わらせてたまるかときつくハンドルを握った。


ぐずついた天気の下、病院へ向かった。

加藤の病室に行く途中、階段を下りてくる優男の姿があった。

「真佐人、お前も見舞いに来ていたのか」

どうだった、と訊ねるが、真佐人は首を横に振る。

「もし話ができるようだったら、事件について聞きたかったんだがな」

意識はまだ戻らないという。

「前に一度は目が覚めたそうだぞ。武内さんが言っていた」

「そうか」

真佐人は何か考えるような顔をした。

「どうかしたか?」

いや、と祐介の横を通り過ぎる。

「さっさと情報を集めろよ」

憎まれ口をたたいて去っていった。くそ。このままでは不起訴にされてしまいそうだ。

病室の前には加藤の妻がいた。隣に寄り添うセーラー服の女の子を見て、記憶がよみがえる。直接会ったことは一度もないが、彼女の顔は覚えている。加藤に交番で会った時に、娘だと言って見せられたからだ。携帯の待ち受け画面に映っていた女の子。交番勤務の巡査長だった父親が警察を辞めて、家族ともども苦労していたことだろう。

目が合ったので頭を下げる。何をどう話しかけたらいいものかと迷った挙句に、祐介は口を開く。

「瑞希くんが無事に救われたのは、加藤さんのおかげです」

とたんに加藤の妻は泣き崩れた。

本当にどうすればいいのだろう。久世橋事件について相談しようと、あの日に加藤を呼び出したことさえ後ろめたく感じる。何とか助かってほしい。

病院を出ると着信があったことに気づく。電話をかけ直すと有村が出た。

「えらいことになった」

どうしたんだろう。いつになく声が慌てている。

「捜査一課から連絡があった。別件で取調べ中の平井淳って男が、福田家の隣の空き地に放火したと自白したらしい」

「えっ」

「供述内容は信憑性があって、間違いないようだ」

「ということは……」

「何であれ、藤野巧はシロや」

嚙みしめるようなひと言だった。

――このままでは不起訴です。

真佐人の言葉が今更のように頭に響いていた。


その晩、祐介は飲み屋にいた。

一緒にグラスを傾けているのは小寺順平。捜査一課のベテラン刑事だ。

小寺は京田辺市で二年前に起きた現住建造物放火事件を追っていたという。

「藤野ではなく、平井で間違いないようですね」

「ああ、証拠を突き付けると一気に吐き出したよ。十件以上の放火事件に絡んでやがった」

いまだに信じられない思いだ。

平井淳。二十五歳で大阪在住の会社員だ。有名国立大を卒業後、外資系企業に勤務しているが、ストレス発散のためにしばしば、放火を行っていたという。小寺は地道(じみち)な捜査で証拠を集め、平井にたどり着いた。

「平井はわざわざ他県まで出向いて放火してやがったのさ。いくら聞きこんでもわからないわけだ。連続犯に見せかけるため、ネットで調べて放火事件のあった地域を狙(ねら)っていたらしい。とんでもないくず野郎(やろう)だ」

小寺は祐介の前で大きく息を吐き出した。

「武内はどうしてる？」

真佐人とやりあっていた話が小寺の耳に入っていたようだ。

「藤野が犯人でなかったことで落ちこんでいましたが、加藤さんのために必死だったのはよくわかります」

そうか、と小寺は一杯あおった。

「武も加藤さんとは長い付き合いだからな」

「テラさん、加藤巡査長と親しかったんですか」

ああと言って小寺は一口飲む。加藤が警察を辞める時も考え直すよう説得したらしい。

「警察辞めたのにいまだに駐在さんって呼ばれてんだろ？　火の中に飛びこんで子どもを助けるなんざ、あの人らしいわな」

小寺は浴びるように飲んでいく。

「何とか助かってほしいな」

「はい」

胸が締め付けられ、祐介は下を向く。

「でも、納得いかないことがあるんです」

祐介は小寺の目を見た。

「平井の腕にはメドゥーサのタトゥーなんてものはなかったんですよね。犯行時だけタトゥーシールを貼っていた、ってわけでもなさそうですし」

「まあな、それは確かだ」

「平井の身長は一七三センチ。瑞希くんの言っていたとおり、父親より少しだけ背が高くて色白の若い男っていう特徴は合っている。だけどメドゥーサのことだけが事実と違うだなんて、どこかひっかかるんですよね」

そんなことか、と小寺は笑った。

「子どもの言うことなんていい加減なもんだ。もっと冷静になるべきだったんだよ。まあ、気持ちはよくわかるがな」

「……そうかもしれません」

司法面接の手法にのっとって聴取されたという事実が裏目に出て、信頼できる情報だと思いこんでしまったのかもしれない。

「まあ、所詮は子どもの証言だ」

小寺は吐き捨てた。

そもそもメドゥーサなんてものは初めから存在しなかったのか。

祐介はうなだれる。何よりも嫌っている冤罪を生み出してしまうところだった。今となれば、藤野を起訴する前でよかったと思うしかない。子どもの言うことを鵜呑みにした自分が馬鹿だった。

「じゃあな、川上」

「お疲れ様です」

店を出て小寺と別れると、外はきれいな満月だった。

頬に生ぬるい風を受けつつ、祐介は夜空をじっと見上げていた。

またあいつに負けた。

そんな思いだった。真佐人は藤野を起訴できないという意見を貫いていた。一方で自分たちは藤野の腕にメドゥーサがあったことに囚われて、犯人に仕立て上げようとしてしまった。勝ち負けではない。そうわかっていても、いい気分ではない。

そう思っていると、スマホに着信があった。

表示は〝検事〟。真佐人からだ。

沈む気持ちに追い打ちをかけるようなことを言ってくるつもりか。

「真佐人、お前が正しかったな」

機先を制するように言った。言われる前にこっちから言った方がましだ。

「いや。結果的に正しかっただけのことだ」

もっといやみったらしく勝ち誇るのかと思いきや、意外と謙虚だ。もしかすると司法面接を担ったものとして、捜査を混乱させたことに責任を感じているのかもしれない。

平井の捜査状況を伝えた後、祐介はため息をついた。

「子どもの言うことなんて、あてにならないな」

返事はなかった。

「おい、聞いてるか」

せっつくと、ようやく声が聞こえた。

「勝手に一人で完結するなよ」

「ああ？」

「俺はアニキと違って、子どもを一人の人間として認めている」

子どもを大事にしたい気持ちはわかるが、メドゥーサなんてただの空想話だったのだ。遊びで子どもの話に付き合うのとは訳が違う。口を開きかけた時、真佐人は言った。

「謎はまだ残っている」

「は？」

「というよりメドゥーサの謎はまだ何も解けていない」

「……どういうことだ、真佐人」

返事はなく、通話は既に切れてしまっていた。

祐介は大きなため息をつく。真佐人はいつもそうだ。気になる言葉を一方的に投げてきては消えてしまう。会話のキャッチボールというものが全くわかっていない。

悶々と考えていくうちにふと思い出した。瑞希が見たメドゥーサは、藤野のタトゥーとは別のものかもしれない。そんなことを以前、真佐人が言っていた。メドゥーサの謎……あいつには何が見えているっていうんだ。

くそと吐き捨てると、祐介は黙って満月を見上げた。

5

ちくしょうという大声が、太秦署内にこだました。

逮捕された男が叫んでいるのだ。それは醜く、わかりやすい悪人の咆哮だった。その若い男は取調室から出てきた。武内に一瞥をくれると、うなだれながら連れられて行く。男の腕にはメデゥーサのタトゥーがあった。

福田宅への放火事件は平井淳の犯行だった。しかしその前に起きた放火事件で新たな証人が出てきたのだ。藤野の知人である宮城琴音が、彼の犯行であると証言し、犯行に使ったポリタンクも出てきた。

「よかったですね、武さん」

「何とかなったよ」

藤野逮捕は武内の執念だった。宮城琴音を集中的にマークし、藤野がやったと認めさせたのだ。藤野からは既に自白を得ている。

やはり藤野は放火犯だったのだ。そう思った時、色白の優男が出てきた。送検された藤野を取調べていたのだ。真佐人はこちらに気づかず、事務官とともに出口の方へと向かって行く。

「検事」

帰ろうとした真佐人を武内が呼び止めた。真佐人はゆっくり振り返る。

「申し訳ありませんでした」

武内は姿勢を正し、深く頭を下げた。祐介はそっぽを向きながら、少しだけ頭を下げる。

「失礼があったことを、どうか赦してもらいたい」

神妙な顔つきの武内に対し、真佐人は頬を緩める。

「気にしないでください。加藤さんのことがあったからだと十分わかっています。藤野も今回は罪を認めていますし、正義を求めていくには皆さんとの協力が必要です。今後ともどうぞよろしくお願いします」

真佐人も深く頭を下げた。その態度は慇懃無礼でもなく、いつもどおり外面のいい真佐人だった。武内はほっと胸をなでおろしているようだったが、祐介はどこか釈然としない思いがしていた。電話で話したことが消化不良のままになっている。このタイミングを逃してしまったら、聞くチャンスはないかもしれない。

「唐沢検事」

真佐人がこちらを見る。少しためらったが、祐介は続けた。

「お聞きしたいことがあるんです」

「……何でしょう?」

「以前、言っていましたよね。瑞希くんが見たメドゥーサは、藤野のタトゥーとは別のものかもしれないって。だったらあれは何だったのか。検事はどうお考えですか」

メドゥーサの謎はまだ何も解けていない。真佐人は電話でそう言っていた。

「それについて、今から瑞希くんに会いにいくところです」

「どういうことですか」

「全ては証言にかかっているということです」

「証言?」

真佐人はええとうなずく。

「メドゥーサについて私には考えがあります。ただそれを裏づけるものはまだない。きっと証言でしかわかりません。その証言を得られるかどうか。メドゥーサの謎について、その真相が知りたい方は私についてきてください」

背を向け、出口から出ると車に乗って、真佐人は行ってしまった。

どういうことだ?　もったいぶったことをせずに、さっさと教えてくれたらいいものを。悔しいが追いかけていくしかない。

「武さんはどうしますか」

祐介に尋ねられて、武内は渋い顔をする。

「あんなふうに言われちゃ、行かないわけにいかんだろう。俺も行く」

一緒に福田家へ向かうことにした。


福田家は新しくアパートを借りていた。駐車場には真佐人の車がある。ちょうど同じタイミングで到着したようだ。

「参りましょう」

そう言って真佐人はインターフォンに手を伸ばした。

「検事の唐沢です」

「お待ちしてました」

瑞希の両親に出迎えられた。

「警察の皆さんには本当になんとお礼を申し上げたらいいか」

複雑な表情をしているが無理もない。恩人である加藤はいまだに意識不明の重体なのだから。

「さっそくですが、瑞希くんは？」

「こちらです。居間でゲームをしているところでして」

玄関から中へ通される。母親に祐介は問いかけた。

「あれから瑞希くんの様子はどうですか。少しは落ち着かれたでしょうか」

「ええ、おかげさまで。好きなゲームをしていると事件のことを忘れられるみたいで。勉強しなさいって言うのを我慢している私の方がストレスかもしれません」

それは何よりだと祐介は思った。

「ああ、検事のお兄さん」

テレビの前に座っていた瑞希が振り返った。ちょっと待ってねと言って、プレイ中のゲームをセーブする。いつの間にか真佐人の表情が優しく変わっていた。誰だよ、こいつは、と心の中で突っこみを入れる。

「瑞希くん。もう一度だけ、話を聞かせてほしいんだ」

「うん、いいよ」

真佐人は鞄（かばん）からスケッチブックを取り出して、瑞希に見せた。

「僕が描いたメドゥーサだ」

「そうだね。瑞希くんが描いてくれた絵のこと、もっと教えてくれるかな？」

「うん、わかった」

嬉しそうにうなずく。すっかり気を許しているようだ。

「メドゥーサはね、強いんだよ。目を見ると固まって動けなくされちゃうし。ラスボスの次に強いんじゃないかな」

「そうか。それから？」

「えっとね、鎧を着ているの。塔の九十階まで行くと出てくるんだよ」

うんうん、と真佐人は相槌を打って話を引き出していく。瑞希の話す内容はゲームのことばかりで、放火犯の話ではなくなっていた。

祐介と武内は黙って二人のやりとりを聞き続ける。

「じゃあね、瑞希くん。ありがとう」

真佐人は微笑みながら小さく手を振る。

後ろに立つ母親に頭を下げ、三人は福田家を後にした。

「唐沢検事」

祐介は待っていたと言わんばかりに口を開く。

「瑞希くんが言っていたメドゥーサというのは、ゲームの登場キャラクターのことだったんですね」

「ええ。そうです」

うなずくと、真佐人はタブレットにキャラクターを表示した。瑞希が話していたゲームのメドゥーサだ。全身があって鎧を着ている。恐ろしいモンスターとはいえ、子ども用にデフォルメされていてかわいらしい。

「ギリシャ神話に出てくるメドゥーサは、英雄ペルセウスに首を切られて退治される。瑞希くんの描いた絵には首と肩がある。このゲームに出てくるメドゥーサだからです。一方で藤野のタトゥーは顔しかない、首を切られた後のメドゥーサ。最初から別のものだったんです」

たったそれだけのことだったのか。脱力するが、何かおかしい。

「でも司法面接の時、瑞希くんは犯人の腕にメドゥーサの顔があったとあんなにはっきり言っていた。たかが子どもの言うことだから、のひと言で説明がつくとは思えません」

「ええ、そのとおりです」

真佐人は平然と答えた。

「あくまで私の見解ですが、司法面接を行う以前に瑞希くんの記憶が汚染されていた可能性が高い」

記憶の汚染……と祐介は繰り返す。

あれほど慎重に対応していたにも拘わらず、か。

「幼い子どもの特徴として、自分で見たのか人から聞いたのか、区別がつかなくなってしまうことがある。これを被暗示性と言いますが、脳の前頭前野が発達途上にあるために起こる現象です」

真佐人は偉そうに専門用語を並べて説明していく。

祐介はむっとしながらも理解に努めた。

「耳で聞いたメドゥーサと、もともと知っていたゲームのメドゥーサ。この二つが記憶の中で混同したのではないでしょうか」

「待ってください。検事」

祐介が声を出す。

「どうして記憶が汚染されるんです？　まさかゲームをしていた時に犯人を見たから混じったって言うんですか」

真佐人は首を左右に振った。

「それはないと思います。腕にあったという説明と合いませんしね。汚染が起きうるとしたら、それはごく限られたタイミングしかありません」

「どこだというんですか」

祐介の問いに、真佐人は振り向いた。

「犯人の腕にメドゥーサの顔がなかったか？　救出された時、加藤さんにそう聞かれたのではないかと私は考えます」

加藤が？　祐介は無言のまま、真佐人を見つめた。

「あれから私は加藤さんのご家族に聞きました。以前、刑事が訪（たず）ねてきて藤野について聞かせてほしいと頼んできたと。加藤さんはあの地区の駐在でしたからね」

祐介ははっとした。まさかその刑事って……。

真佐人は振り返った。その視線は祐介に向いている。いやよく見ると、微妙にずれて背後に注がれていた。

「違いますか？　武内さん」

振り返ると、武内の顔から血の気が引いていた。

真佐人は武内に一歩近づく。武内は唇を震わせたが、その目は雄弁にイエスと語っていた。

「あなたは気づいていましたね、メドゥーサの謎について。加藤さんが瑞希くんに偽りの記憶を植えつけたかもしれないと。加藤さんが一度意識を取り戻した時、会話できたのはあなただけです」

武内は何も言い返さなかった。

厳しい視線が、武内に注がれる。

「もし平井が逮捕されなかったとしても、あのままずっと黙っていたんですか」

藤野は今現在、逮捕・起訴されているが、福田家に放火した犯人ではない。平井が余罪を自白したという偶然がなければ、冤罪を生み出すところだった。

「武内さん、メドゥーサの謎は加藤さんが意識を取り戻さない限り、あなたが黙っていれば永遠に闇の中です。私もこれ以上は追及できません。ですが、それでいいんですか」

　真佐人は憐れむような視線を武内に送った。武内は下唇を噛んだまま、こぶしを震わせていた。

　やがて観念したように、言葉が漏れた。

「……検事のおっしゃるとおりです」

　真佐人は黙って、武内の目を見つめる。

「俺が悪いんですよ。火事が起きる前、俺が加藤さんに奴のことを聞いていたんです。この近辺に住む藤野という問題児のことを教えてくれって。メドゥーサのタトゥーがあるという特徴まで伝えたから、加藤さんは真っ先に奴のことが頭に浮かんだんでしょう」

　なるほど、と真佐人はうなずく。

「一時的に意識を取り戻した時、加藤さんは言ったんですよ。瑞希くんを助け出した直後、思わず聞いてしまったって。腕にメドゥーサのタトゥーがなかったかと」

　祐介は武内をじっと見つめる。そうか、真佐人が得たかったのは瑞希の供述じゃない。武内の証言だったのだ。

「検事、あなたに怒鳴った時、本当は記憶の汚染について薄々気づいていたんですよ。だけどそんなことあるかって心に蓋をしていた。そんな俺の思いに、あなたは気づいていたんですね」

何かが切れたように、武内はうなだれた。

今、ようやくメドゥーサの顔の謎が解けた。藤野にメドゥーサのタトゥーがあったのは偶然ではない。加藤が藤野について聞いた言葉が、偽りの記憶として瑞希に植え付けられてしまったのだ。

祐介は武内をじっと見つめる。

藤野は結果的に他の放火事件では有罪だった。だがやってもいない罪まで押しつけていいはずはない。一歩間違えれば酷い冤罪を作り出していたことになる。それが真佐人には赦せなかったのだろう。

しばらく何も言わず、真佐人は曇り空を見上げていた。

真佐人たちと別れると、祐介は病院に向かった。

加藤の容体を見に行くのだ。

脳裏にはさっきの真佐人のことがあった。思わぬ真相だった。自分より一回りも若い男に責められて、武内に悔しさはあったはずだ。だが真佐人には、真実を追い求めようとする正義への情熱がある。武内も元来そういう性格だからこそ、自分を恥じて本当のことを打ち明けたのだろう。

　病室の前までやってくると、セーラー服を着た少女の姿があった。加藤の娘だ。隣には妻もいる。二人の表情からして、状況は変わっていないのだろう。

「川上さんですね」

　こちらに気づくと、加藤の妻が話しかけてきた。名前と顔を憶えてくれていたようだ。祐介は加藤の容体について尋ねる。

「まだ意識は戻らないんです」

「そうですか」

　加藤は放火犯を捕らえようと必死だったのだろう。瑞希に記憶を植え付けてしまったことは、責められるはずはない。

「川上さん」

「はい？」

「あなたに渡したい物があって」

　加藤の妻は鞄から何かを取り出した。

　差し出されたのは、警察手帳に似た小さなメモ帳だった。

「これは……」

「火事の時、主人が持っていたんです」

すすだらけだったが、ポケットの中で無事だったそうだ。中を開くと見覚えのある名前が飛びこんできた。西島茂、大山三郎兵衛……これは久世橋事件についてのメモだ。

「あの日、あなたと会う約束をしていたんですよね。頼まれて昔の事件のことを調べているって言っていたから……。せめてこのメモだけでもお役に立てればいいですけど」

加藤の妻は申し訳なさそうに言った。

「ご主人が大変な時に、余計な気を遣わせてすみません」

ありがとうございます、と言って頭を下げる。

祐介は階段を下りていく。

何もわからない。そう言っていたのに、加藤は必死で調べてくれていたのだ。その優しさが、染み渡るようだった。

絶対に終わらせてたまるものか。祐介はそう心の中で誓った。

第二章　足跡

1

思い切ってかけてみたが、いくら鳴らしても電話はつながらなかった。

祐介(ゆうすけ)は畳に寝転がって、携帯に表示された番号を見つめていた。久しぶりにのんびりしようと山科(やましな)にある実家に戻ったが、折り返しで着信があるかもしれないと思うとちっとも休まらない。

「怖(こわ)いわねえ」

ニュースを見ながら、祖父母が話している。老人が高速道路を逆走して対向車(たいこうしゃ)と正面衝突、死傷者が出たというものだ。

「迷惑かけないつもりでいても、年には勝てないのよね」

「そうだな。お前、最近電気の点(つ)けっぱなしが多いぞ、大丈夫か」

「なによ、あなただってお風呂の栓(せん)を締め忘れてたでしょ。もったいない」

祐介はのんきに聞き流す。まあ、どっちもどっちだ。

巻きこまれないうちにと祐介は体を起こし、二階へ上がる。

高校を卒業するまで使っていた祐介の部屋は、今でもそのままにしてくれている。もっと頻繁に帰省できたら祖父母も喜ぶだろうが、刑事というのは休みがあってないようなものだから仕方ない。

ベッドに腰かけて再び電話をかけてみるが、やはりつながらなかった。

加藤のメモを受け取ってから、二週間ほどが経つ。

託されたメモを何度も見返している。そこに書き留められているのは一見すると意味のない単語ばかり。だがそうでないものもある。

大山セメント工場
カム送り
二十八・五

これらは久世橋事件に関する情報の端切れだ。被害者の大山はセメント工場を経営していたし、鍵はカム送りという方法でこじ開けられていた。そして現場に残されていた犯人の足跡のサイズは二十八・五センチ……。

それらは祐介も知っていることだ。他に未知の情報につながる可能性があるとしたら、それは一つだけだ。

走り書きされた、〇九〇から始まる携帯番号。

誰のものかは不明だが、事件についてよく知る人物なのかもしれない。それともひょっとすると本当の犯人の携帯番号だったりして……。そんなに都合よくいくものかと思いつつ、勝手に想像を膨らませながらやきもきしている。

気晴らしに漫画でも読むかと手を伸ばしたところで、携帯が震えた。相手がかけ直してきたのかと緊張したが、画面には太秦署と表示されている。休日に呼び出されるのはいつものことだが、がっかりせざるを得なかった。

電話に出ると、強盗事件が発生したとのことだった。

行くかと立ち上がり、階段を下りる。

「俺の方がしっかりしている」

「よく言うわよ」

テレビを見ながらまだ言い争っているようだった。まあ二人とも元気ならそれでいい。長生きしてくれよ。

「祐介、どこ行くんだ？」

「仕事」

言い残してバイクにまたがった。

雨が降っている。

向かった現場は、嵯峨野にある古びた家だった。門の中へ入ると、敷地内に家がもう一軒あるのが見えた。

「川上くん、こっち」

葉月が手招きしている。その隣には被害者であろう老人が立っていた。骨ばった細い腕を三角巾で吊っている姿が痛々しい。

「逃げていく犯人とぶつかってしまいましてね。今、病院から戻ってきたところなんです」

黒ぶち眼鏡をかけた七十がらみの老人は、岸部弘義と名乗った。

「出先から戻ると、離れの鍵が開いていたんです。誰かいるのかと声をかけたら、男が飛び出してきましてな」

「犯人の特徴は？」

「ぶつかってすぐに倒れてしまったから、よくわからないんですよ」

「そうですか。犯人と鉢合わせするなんて怖かったですね」

葉月が思いやるように言うと、岸部は笑った。

「いやいや、お姉ちゃん。こう見えて私は若い頃に柔道をやっていたんだよ。今でも素人相手にゃ負けやしない。ぶつかってくる前に、犯人をぶん投げてやればよかった」

力こぶを作る仕草を見せつけられたが、三角巾で吊られた腕の方が目立っている。祐介はため息が出そうになるのをこらえつつ言った。

「犯人に向かっていったら、もっと大怪我をしていたかもしれません。倒れただけで骨折してしまうくらいなんですから、無茶されないでよかったですよ」

「何だい、年寄り扱いなんてやめてくれ。骨折っていっても大したもんじゃない」

労られるほど岸部は反発したくなるようだった。余計なことは言わずに、さっさと事情聴取を始めることにした。

「盗まれそうになったのはこの財布ですね」

葉月が玄関先の地面を指差した。

黒革の財布が水たまりの中で、しっとりと濡れている。祐介は中を開けてみた。カード入れのところに多数の傷がある。三列あるのにどういうわけか二列目だけが傷んでいる。

「私とぶつかった時に犯人が落としていったんです。他にはこれといって盗まれたものはなさそうですわ」

発見が早くて被害が最小限で済んだのかもしれない。だが未遂に終わったとはいえ金品を奪って暴行したことになるので、刑法的には事後強盗罪にあたるはずだ。

財布が落ちているあたりの地面はぬかるんでいて、靴の跡が残っている。玄関に並ぶ靴とは大きさがまるで違う。

「この足跡は犯人のものに間違いなさそうね」

「ああ……」

ぱっと見でもわかるくらいサイズが大きく、二十八センチ以上はあるだろう。祐介は吸いこまれるように目を奪われていた。

「どうかした？」

「いや、何でもない」

久世橋事件の犯人の靴跡は、二十八・五センチ。無関係だとわかっていても、共通点が見つかると思考がそっちへそれてしまうのが悪い癖だ。目の前の事件に集中しなくてはと気を引き締める。

「玄関の扉は開いていたんですよね。こじ開けられた形跡(けいせき)はないようですが、鍵をかけ忘れた可能性は？」

「ちゃんとこの手でかけたよ。そんなにボケちゃおらんわ」

そんなつもりはなかったのだが、また怒らせてしまったようだ。後ろで葉月が苦笑いして、代わりに質問する。

「この家のことを、離れ、とおっしゃっていましたが？」

「ええ。住んでいるのは隣の母屋です。こっちは亡くなった両親が住んでいたんですけど、今は空き家になっておりましてね。私の趣味の部屋として使っているんです」

中へ案内してもらうと、テーブルの上に革細工や絵の具やらが転がっていた。描きかけのキャンバスの向こう側には、ガラスケースに入った五重塔の模型もある。

「多趣味なんですねえ」

葉月が感心したように言うと、岸部は満足そうにうなずいた。事情聴取の最中だというのに作品を披露し始めようとするので、慌てて横やりを入れる。

「犯人はこの部屋へ入ったってことですか」

「ああ、そうなんですよ」

岸部は椅子の背もたれに引っかけられたジャンパーを示す。

「財布はいつもこの服のポケットに入れっぱなしにしているんです」

犯人がそこから財布を抜き取って中身を物色していたところで、玄関から岸部の声が聞こえた。慌てて逃げようとして岸部とぶつかり財布を落とした、ということか。再び玄関へ戻って、犯人の逃げたと思われる経路を確認する。

家の外へ出たところで周囲を見回していると、ふと人の視線を感じた。母屋の窓側にベッドが置かれている。窓ガラスが反射して顔まではわからないが、誰かがこちらを見ているようだ。

「岸部さん、あの方は？」

「うちの家内です。いつもああして外を見ているんですよ」

岸部は妻と二人暮らしなのだと語った。

あの場所からなら、犯人が逃走するところが見えていたかもしれない。奥さんに話を聞くためさっそく母屋へ入らせてもらう。

「ラジオの音がうるさいでしょう。でも、これをつけておかないと妻は不安になってしまうようでね。朝から晩までつけっぱなしなんですよ」

耳が遠いのだろう。結構な大音量だ。ベッドからは離れた場所なのに、地元のニュースがはっきりと聞き取れる。

二間を抜けて襖を開けると、岸部の妻、タカ子がいた。ベッドの背にもたれかかり外を眺めている。岸部がラジオのボリュームを下げると、タカ子がこちらを振り返る。祐介は頭を下げた。

「こんにちは。警察の者ですが、少しお伺いしてもよろしいですか」

タカ子は祐介の顔を見たとたん、ぱっと微笑んだ。

「和彦、和彦か」

「えっ」

誰かと勘違いしているのだろうか。戸惑っていると岸部が間に割りこんだ。

「すみませんな。妻は認知症でして」

申し訳なさそうに言って、岸部はタカ子の耳元で大きな声を出す。

「タカ子、和彦じゃない。警察の人だよ」

「いいや、おとうさん。和彦だよ」

タカ子は祐介を見ながら、嬉しそうに和彦だと繰り返した。

「和彦って言うのはうちの一人息子のことでね、二年前に事故で死んでしまったんですよ。そのショックからか認知症が一気に悪化してしまって、妻は今でも和彦が生きているって思いこんでいるんです」

祐介に向けられたタカ子の表情は、優しい母親そのものだった。人違いだなんて、とても言えない。負傷した老人に認知症の妻、か。彼らを目の前にして思わずため息が出てきた。オレオレ詐欺やら振り込め詐欺もそうだが、社会的弱者である高齢者をあえて狙う心理は赦しがたい。

「岸部さん、犯人について、何か気になったことはありませんか」

訊ねると岸部は言葉を濁した。これまで威勢がよかったのに、急に態度がおかしい。葉月もピンときたようだった。

「もしかしてですけど、知っている人だったとか?」

その問いかけに、岸部は渋るような顔をした。

「絶対そうだっていう自信はない」

「気になっていることがあるんなら早く言ってくださいよ」

祐介が脱力しながら言うと、岸部はすまなそうにうつむいた。

「いやね。いつも世話になっているから、間違っていたら失礼だし。何よりこんなことするはずないって」

「どなたのことなんです?」

「いつも妻の面倒を見てくれているヘルパーさんだよ」

五十代の男性で、一年ほど前から訪問介護に来ているのだそうだ。

「いい人なんですよ。最初は男のヘルパーなんてと思っていたんだけど、感じよく接してくれるからうちのタカ子もすぐに気を許してね。名前も偶然うちの息子と同じっていうもんだから、親しみがわくっていうかね」

今日も介護に来ていたそうだが、岸部が近所に出かけて戻ると姿が消えていた。黙って帰るなんて変だが、契約の時間を過ぎていたから仕方なかったのだと思ったそうだ。それからすぐに離れに向かい、事件に巻きこまれたのだという。

「私がジャンパーのポケットに財布を出し入れするところも見ているし、家の中のこともよく知っている。でも離れの方へ入ることなんてないはずだし……」

身内や知人の犯行だった場合、被害者にとってその事実は受け入れがたいだろう。だが善人のふりをして悪事を働く者など世の中にはごまんといる。

「これまでにもお金や物がなくなったりしたことはあったんでしょうか」

「そうだなあ、なくなっても気づかなかっただけかもしれない。言いにくいことだが実はそのヘルパーさん、前科があるって言ってたんだよ」

「本当ですか」

「ああ。昔、盗みを働いて警察に捕まったたって」

決定打ともいえる情報だった。

「でも出所してからは真面目に生きてきたそうだし、私を信頼して打ち明けてくれたのかって感動してね。過去のことは気にするな、あんたはいい人だって励ましていたのに……。所詮は前科者だったのか。いや、そんなふうに思いたくない」

岸部の気持ちはわかるが、介護ヘルパーとして自宅に出入りしている人間が盗みを働いたなら大問題だ。さっそく会社に連絡をとり、その男の事情聴取をすることになりそうだ。

「では、何かわかったらご連絡します。お大事になさってください」

去り際、祐介はぬかるみに残った足跡を見つめる。

こうして見ると、やはりでかいな。

「川上くん、どうかした？」

「いえ、何でもないです」

行きましょうと言って現場を後にした。


ようやく一日が終わった。

事情聴取をしてみないとわからないが、靴跡も採取できたし状況的にも犯人は絞られる。嵯峨野の強盗致傷事件は介護士の犯行ということで落ち着きそうだ。疲れをとるように首をこりこりさせると伸びをする。

関心は再び久世橋事件へと向く。

こっそり携帯を取り出すが、着信はないようだった。こちらの番号は相手側に通知されているはずだし、これだけ何度もしつこくかけているのだ。間違い電話や迷惑電話と思われることはないと思うのだが……。

廊下へ出て周囲に誰もいないことを確認してから、もう一度、かけてみた。だがやはりつながらない。

それでももう一度、かけてみる。

コール音が五回、六回……粘り強く鳴らしても電話はつながらなかった。

誰の元へつながる番号なのかもわからず、電話がつながっても何かを得られる保証はない。だが、それでも確かめてみるしかないのだ。

コール音が二十回に達した時、祐介は黙って通話を切った。

2

その日も嫌になるような酷暑だった。

祐介は太秦署に戻った。夏場は本当にこたえる。今日も炎天下の中ずっと走り回ってたし、一息ついたらすぐに取調べだ。

廊下の自販機の前ですきっ腹に冷たいアイスコーヒーを流しこんでいると、後ろから声がかかった。

「川上さん、ちょっといいですか」

そこにいたのは真佐人だった。横には女性事務官が付き従っている。

相変わらず人を小ばかにしたような顔でこちらを見ている。ただでさえ暑さにうんざりしているのに、鬱陶しいことこの上ない。

「何かありましたかね」

感情を表に出さないように気を付けて答えたら、小学生の棒読みのようになった。

「ちゃんと調べてませんね」

「どういう意味です？」

すました顔を、祐介は睨みつける。横では事務官がおろおろしながら二人の様子を見ていた。検事と刑事が険悪になっているように映るだろうが、これが兄弟げんかであることを彼女は知らない。

「先に戻っててもらえますか」

「は、はい」

事務官が姿を消すと、真佐人は大げさにため息をつく。

「気が抜けてるな、アニキ」

「は？」

「この前、ゲーセンで起きた傷害事件のことだ」

学生同士で喧嘩になり、相手を殴りつけて全治一週間の怪我を負わせた件か。加害側の学生が、あっさり罪を認めていたのに何か問題があるのか。

「あの被疑者はシロだ。女友達の罪をかぶろうとしていたそうだ」

「そんなまさか。被害者だって、あいつがやったって言ってたんだぞ」

「殴られたのが背後からだったから被害者は直接見ていない。勝手に思いこんでいただけのようだ。彼らの証言に辻褄が合わないところがあって、被疑者を追及すると吐いたよ。女友達に気があって、いい恰好をしたかっただけのようだ」

　ぐうの音も出なかった。まんまと信じこんで、被疑者の学生に先輩面して説教をしたのもこうなっては恥ずかしい。

「アニキ、また別のことに気を取られてないか。これくらい見抜いてくれないと、俺の仕事が増えて困る。それに些細な事件だと思って甘く見ると、凶悪事件を見逃しかねない」

　言われなくてもわかっている。

「俺だって、いい加減にやっているつもりはない」

　真佐人に詰め寄ったところで、後ろから声がかかった。

「川上くん」

　振り向くと葉月がいた。一瞬どきりとしたが、話は聞かれていなかったようだ。真佐人はいつの間にか他人のふりに戻っていて、にこやかに会釈をすると消えてしまった。

「相変わらず仲がいいようね。何か揉めてたの？」

「……別に」

　ぶっきらぼうな返答に、葉月はにやにやしつつ肩をすくめた。不機嫌な表情をすぐに消せるほど、真佐人のように器用じゃない。

「そろそろ始めるわよ」

「はい」

気分を切り替えて、これから嵯峨野の件で聴取だ。

ひょろっと背の高い男が席に着く。名前は上村和彦(かみむらかずひこ)という訪問介護職員。前科もちで、右目の下にあるほくろが印象的だ。

「昨日、岸部さんの家へ介護に行っていたんですよね」

上村は、はあ、と答えた。祐介と目を合わさずに下を向いている。

「何時ごろ、岸部さんの家を出ましたか」

「……えと、午後四時くらいだったと思います」

事件のあった時刻の少し前くらいだ。

「帰る前に離れに立ち入りませんでしたか。実は昨日、そちらで強盗致傷事件がありましてね」

岸部が骨折したことを伝えると、上村はぴくりと身を震わせた。

「中へは入ってません」

「そうですか」

「これまでに離れに入ったことは?」

「それは……」

ない、と言うかと思ったら、上村は顔を上げた。

「入ったことはあります」

とっさに言い換えたようだった。もし侵入した痕跡が残っていたなら、離れに入ったことがないと断言してしまっては矛盾が生じる。そこまで考えて切り返したのなら大したものだ。

「離れに用事なんてないでしょう」

「いえ、タカ子さんに頼まれて入ったんです。離れの掃除をしてほしいって言われて」

上村の視線は葉月の顔に向けられていたが、目から少しずれて顎のあたりだった。目が泳ぎ始めていて明らかに様子がおかしい。掃除を頼まれたのはいつ頃だったかと訊ねるが、タカ子は認知症なのだから本当かどうかは確かめようがない。

「窃盗で前があるそうですね」

祐介の問いに、上村は黙ってうなずく。

「玄関先に犯人の足跡が残っていました。かなり大きいものでしてね。念のためにお聞きしますが、上村さんの靴のサイズはいくつですか」

「二十八・五センチです」

答えながら上村の口元が歪んだのを、祐介は見逃さなかった。

「あなたがやったんですね」

返事はなかったが答えはわかっていた。しばらく待つと上村の目の焦点が定まる。逃れようがないと悟ったのだろうが、口が半開きのまま言葉は漏れてこない。

「どうしました？」

自白を促すように優しく問いかけると、上村は静かにこちらを見た。

「岸部さんを怪我させたのは俺です」

唇がわずかに震えている。

「見つかって逃げようとして、岸部さんにぶつかったんです」

「そうですか」

「怪我をさせてしまって悪いことをしました」

祐介はゆっくりとうなずく。一度吹っ切れてしまえば素直なものだ。

隣で葉月が、やれやれといった表情をした。

もしかしたら今までにも隠れて窃盗を繰り返していたかもしれない。

「ええと、あなたが盗んだ財布のことですが……」

「いや、あれは盗んだんじゃない。返そうとしただけです」

「はい？」

見つめ返すと、上村は言葉を続けた。

「返そうとしていたタイミングで岸部さんが帰って来た。だから驚いて逃げようとして財布を落としたんですよ」

大人しく罪を認めたかと思ったら、へ理屈をこね始めたようだ。

「上村さん。盗んでも返そうとしたら罪にならないとでも言いたいんですか」

「違う。財布を盗ったのは俺じゃなくて、タカ子さんだ」

上村は思いもしなかったことを言い出した。葉月が横から口を挟む。

「確かに認知症の方が人のものや店の商品を持ってきてしまうケースはありますけど……」

祐介のことを死んだ息子と思って微笑むタカ子の姿が浮かんだ。彼女が認知症であることを利用して、言い逃れしようという魂胆なのか。

「仮にタカ子さんが盗った財布を上村さんが代わりに返そうとしたというなら、岸部さんにそう言えばいいじゃないですか。こっそり忍びこんで返したり、逃げたりする必要なんてないですよね」

「それはそうだが……」

上村が口ごもったのを見て、祐介は口調を強めた。

「作り話なんていくらでもできるでしょう。岸部さんもあなたのこと、所詮は前科者だったんだなと、がっかりしていましたよ」

「なんだって」

上村は眉根にしわを寄せた。小刻みに震えながら、顔色が赤くなっていく。

「あの爺さん、そんなこと言いやがったのか」

思いがけない反応に驚きつつも、祐介はそうだと答えた。

「ふざけんなよ、誰のために俺がこんなことをしたと思ってるんだ。もう誰も信じられない」

「上村さん」

何か事情があったということなのか。

「どういうことです。説明してもらえますか」

上村は鼻息を荒くして、そっぽを向く。

「何が情けは人の為ならず、だ」

その言葉を最後に、上村は黙秘に転じた。

岸部の言葉を伝えたのが癇に障ったのか、完全にへそを曲げてしまったようだ。

しばらく粘ったが根負けして、ため息混じりに席を立つ。

「今日のところはこれで終わりますが、次回はちゃんと話してくださいよ」

明るく言うが、ふてくされた顔で上村は出ていった。

失敗したかもしれない。そう思い葉月を見るが、彼女は手元の資料をめくりながら考えこんでいた。

「岸部さんの離れの扉って、こじ開けられた形跡はなかったわよね」

「そうですが、それが何か？」

「上村の前科について調べているんだけど、窃盗の手口はカム送りだったそうよ。シリンダーのカバー部分に工具を入れて、カムを直接こじ開けるってやつ」

「バイパス解錠とも呼ばれる手口ですよね」

　答えながら引っかかった。

　久世橋事件の犯人が侵入した手口も同じ、カム送りだった。上村の靴のサイズも二十八・五センチ。事件当時の上村の年齢、住んでいた場所はどこだ？　考え過ぎだとは思いつつも、無意識に思考が駆け巡っていく。

　いや何を考えている。真佐人にミスを指摘されたばかりじゃないかと自分を戒めた。また悪い癖が出た。目の前の事件に集中しないと。


　上村の聴取終了後、岸部宅に向かった。

　玄関の戸が開けられると、岸部が現れた。

　相変わらずラジオの声が響いている。

「慣れると、まるでセミが鳴いてるみたいなもんですわ」

ベッドでは岸部の妻、タカ子が横になっていた。こんなにうるさいのによく眠れるものだと感心する。

「タカ子は今じゃ何にもできなくなってしまったが、料理上手で自慢の奥さんだったんだよ。ラジオを聴きながら一日中台所にこもってね、あれやこれやとこしらえてくれた。だからかな、ラジオを聴くと楽しく料理をしていた感覚がよみがえるのかもしれない。これを流すようにしたら徘徊癖もなくなったんだよ」

祐介はタカ子の穏やかな寝顔を見つめてから、顔を上げる。

「岸部さん、こんなことを耳に入れるのは心苦しいんですが……」

あの時逃げていった男は上村に間違いなかった。既に逮捕されたと伝えると、岸部はしばらく呆然としていた。信じていただけにショックだろうが、受け入れてもらうしかない。

「岸部さんに怪我をさせてしまったことは反省しているようです」

説明を続けようとしたところで、ふいにタカ子が目を覚ました。祐介を見て顔をほころばせる。

「和彦だ、和彦」

前に来た時と同じで、亡くなった息子だと思いこんでいるようだ。祐介は否定せずに微笑みを返す。その様子に岸部は力なくため息をついた。

「上村さんもそうだったんだ。和彦、和彦って呼んでタカ子が喜ぶもんだから、それに付き合って息子のふりをしてくれていたんだ」

祐介は複雑な気持ちで息を吐く。

「上村が言うには財布を盗ったのはタカ子さんで、それを返そうとしただけだと。ですが、その供述については疑問が残ります。本当にタカ子さんが盗ったというなら、こっそり返そうとしないで普通に岸部さんに渡せばいいじゃないですか。逃げるのだって変ですよ」

「確かにね」

しばらく岸部は考えこんでいたが、口を開いた。

「実は少し前にも財布がなくなって探したことがあったんですよ」

「そうなんですか」

知らない事実だった。

「妻のベッドの下に落ちていたんだ」

そんなところに落とすはずがないと、不思議に思ったそうだ。

「上村もこのこと、知っているんですか」

「ああ。ヘルパーさんには日常のあれこれを全部伝えるからね。タカ子がやったかもしれないって話したから、上村さんも知っていることだよ」

「だったら、その話を利用しているのかもしれない」

信頼を逆手にとって窃盗を働き、ばれたらタカ子のせいにして罪を逃れようとしている。そうだとしたらとても赦しがたい。

「前科者が人の家に上がりこんで訪問介護をするというのは、初めから無理があったのかもしれませんね」

祐介がつぶやくと、岸部は唇を嚙みしめた。

出所者の社会復帰は難しい。四割が刑務所へ戻ると言われている。

「介護職の前は、何の仕事をしていたんでしょう」

何気なく祐介は問いかけた。

「工事現場や工場を転々としていたようだよ。出所してすぐは前科者の支援に力を入れているセメント工場で働いてたって話していた」

前科者の支援をしているセメント工場……。その瞬間、祐介は大きく目を開けた。

「もしかしてその工場、南区にありますか」

「ああ、確かそうだと言っていたよ。懐の深い会社だよな」

岸部の声が遠くなり、頭が真っ白になっていく。

「刑事さん、どうかしましたか」

「いえ、また来ます」

　そう言って、岸部宅を出た。

　上村がかつて働いていたというのは久世橋事件の被害者、大山三郎兵衛（さぶろべえ）の会社ではないか。出所者の支援をしている企業は多くない。足のサイズに、窃盗の手口。まさか本当に上村は……。

　その場に立ち尽くしていると着信があった。非通知設定になっている。出ないでおこうかと思ったが、もしかしてと気になった。

「はい、もしもし」

　聞こえてきたのは、年配の男性の声だった。

「何度か電話をもらったようですが」

　一気に鼓動（こどう）が激しくなる。きっとあの番号の主だろう。

「川上祐介と言います。加藤博行（かとうひろゆき）さんはお知り合いですか？　彼のメモに、あなたの携帯番号がありまして」

「警察の方ですか」

「はい。太秦署で刑事をしています。加藤さんとも個人的に付き合いがありました」

「火事で人助けをしたらしいですな。たいしたもんです」

　どんな相手かは掴めないが、加藤に好意的な人物であることは間違いなさそうだ。さすがに直接、本当の犯人につながるなんて都合が良過ぎるだろう。

「あなたのお名前は?」

「角谷正太郎」

相手はそう名乗った。

「最近になって加藤から連絡をもらってね、色々と話をしていた矢先のできごとだった。見舞いには行ったが会える状態じゃなかった」

「ええと、角谷さんって……」

「俺も警察の人間だった。奴からは過去の捜査について聞かれていた」

「もしかして、久世橋事件のことではないですか」

「……ああ」

はやる気持ちを落ち着かせるように、祐介は息を整える。

「角谷さん、一度お会いできませんか。加藤さんに久世橋事件のことを調べてほしいと言ったのは私なんです」

少し間をあけてから、角谷は会うことを承諾してくれた。

「先斗町に行きつけの居酒屋があるんだ。酒の相手をしてくれるか」

「はい。もちろんです」

祐介は礼を言う。加藤が残してくれた手がかりだ。ずっと追い求めていた事件の真相につながるかもしれない。

興奮を抑えつつ、約束の日時を決めて通話を切った。


仕事が終わると太秦署を出て、祐介は先斗町に向かった。

暖簾をくぐる。店の中は盛況だった。客層は見るからに平均年齢が高そうで女性はいない。このご時世に煙草のにおいが充満している。

「いらっしゃい」

元気のいい店主の掛け声が聞こえる。店内は大画面テレビで阪神タイガースのナイターが放送されていて、親父たちがビール片手に騒いでいる。ある意味スポーツバーだ。

この中に角谷はいるのか。

そう思って見まわすと着信があった。

「はい、もしもし」

奥の衝立から、携帯を片手に誰かが顔をのぞかせている。こちらに気づき、手を振った。

「川上祐介さんだね」

「はい」

「角谷だ。初めまして」

四角い顔をした初老の男だった。既にできあがっているようで、顔が真っ赤になっていた。日本酒をちびちびと飲みながら野球を見ていたようだ。祐介は席に着くと、その男を見つめながら思った。

初めてじゃない。この男、どこかで見た。思い出そうとしてみたが、わからない。

「まあ、一杯やってくれ」

「いえ、私の方から」

祐介が徳利を手に酒をそそぐと、角谷はありがとよと言って笑った。

笑うと目がなくなる。その人懐っこそうな笑みを見て、あっと声が出そうになった。

ずっと遠い過去。それは遥か子ども時代までさかのぼる。彼の顔と名前が一致した瞬間、全てがよみがえった。

やはり自分はこの角谷に会ったことがある。

祐介の父は仕事仲間を家に連れてくることはあまりなかったが、この角谷だけは時々やってきた。そしてこうして楽しげに酒を酌み交わしていた。その顔だ。

「俺のこと、覚えてますか」

「ん?」

酒臭い顔が近づいてきて、じっと見られた。

「太秦署の刑事だって言ったな。少し前、立てこもり事件の時に撃たれた若いのがおったらしいが、ひょっとしてきみか」

そうですと答えると、角谷はやっぱりと笑った。

「でも、それだけじゃありません」

「うん？」

「もっと、ずっと前に会っているんです。覚えていませんか」

祐介の言葉に、角谷は再び顔を近づける。

目をぱちくりさせてから、首を横にひねった。

「ちょっと、わからんな。すまんね」

懐かしい顔を前に、迷いはなかった。

「俺の父は大八木宏邦です」

その瞬間、角谷の目が大きく開かれる。

言ってしまったという後悔はない。長い間秘密にしていて知っていると言えば加藤くらいなものだったが、このままではいられない。前に進むためには人に協力を乞うことだって必要なのだ。

「もしかして祐介くんか」

からだと説明した。

「はい」

大八木から川上に名字が変わったのは、父の死後、母方の祖父母に引き取られた
「そうだったのか。確かに面影が残っている」

驚きが去って、角谷の顔に浮かんだのは満面の笑みだった。興奮した様子で祐介
の両肩を摑んで揺さぶった。

「あの時のぼうずが刑事になっているなんてな。大八木さんも天国で喜んでるに違
いない」

やはり打ち明けてよかった。ほっとする感覚が一気に広がっていく。

「弟もいただろ、女の子みたいなきれいな顔の。真佐人くんはどうした?」

「今は検事です。京都地検の刑事部にいます」

「おいおい、優秀だなあ、おい」

子どもの頃からいつも弟と比べられて、真佐人の方が褒められてばかりだった。

だが今はそんなことを気にしている場合ではない。

角谷は機嫌よく、祐介のお猪口に日本酒を注ぐ。歳は父の方が一つ上だったが刑
事になったのは角谷の方が早く、盟友とでもいうべき存在だったという。

「親父さんが捜査一課に来てからは、あっという間に抜かれたよ」

熱いものがこみあげる。思い切って電話してよかったが、この縁をつないでくれた加藤は今、病床で闘っている。感傷に浸りつつ、祐介は口を開く。

「父は死ぬ間際まで久世橋事件のことを調べていました。過去の過ちを悔いていたのだと思います。俺はそんな父のためにも事件の真相を突き止めたい。加藤さんも俺が大八木宏邦の息子だと知っていて、協力しようとしてくれていたんです」

言葉に熱がこもっていった。堰を切ったように思いがあふれ出す。これまでのことを話し始めると、しばらく止まらなかった。

黙って聞き終わると、角谷はグラスを置く。

「なるほどなあ」

全ての合点がいったようだった。

「無実の罪で迷惑をかけてしまった西島には、本当の犯人を挙げることで償いたい。そういうことだろ？　あの人らしいな」

心にしみわたるようなセリフだった。亡くなった父に思いをはせ、慈愛に満ちた目で語ってくれていることがうれしいと感じた。

「父からはそういう話、聞いていませんでしたか」

角谷は赤ら顔のまま、ううん、と首を傾ける。

「彼が刑事を辞めてからはつきあいが途切れてしまってな。何もできずに申し訳なかった」

「いえ」

祐介は小さく首を振った。

「角谷さんも久世橋事件の捜査にあたっていらっしゃったんですよね」

「そうだ。今となっちゃ恥ずかしい話だが、俺も西島が犯人だと思いこんでいた」

「西島さんの他に疑わしい人物はいなかったんですか。例えばですけど、被害に遭われた大山さんが経営していた工場。そこで働いていた人なんてどうです?」

心なしか角谷の表情が曇る。

「確かにあのセメント工場では、出所者を積極的に採用していたからな。だが前科者ってだけで怪しむのは感心しない」

「それはそうですけど、従業員という線はなかったんでしょうか」

「なんだ、誰か気になる奴でもいるのか」

今、自分の中で一人の男への疑いが大きくなっている。カム送り、二十八・五センチ、大山セメント工場……加藤のメモに並ぶキーワードがこれだけ揃っている。

その名を口に出そうとした瞬間、角谷が顔を上げた。

「西島が浮上してから捜査の流れはそっちに向いていったが、お前さんの言うとおり、犯人は従業員かという線はあった」

「本当ですか」

「ああ。確か上村って男だ。そいつも足がでかかった」

「………」

目の前が白くなる感覚だった。

落ち着け。祐介は自分に言い聞かせつつ、問いを続けた。

「どうして彼は容疑者から除外されたんですか」

「いや、詳しいことはわからんよ。調べていたのは他の班だったし、西島の方がより疑わしかったってことじゃないのか」

そのあと、何を話したのかよく覚えていない。

父の思い出話や、プロ野球のことだったろうか。長い時間があっという間に過ぎていった。

「また連絡してもいいですか」

「ああ、いつでも声をかけてくれ」

店の外で角谷とは別れた。

一人になってからも、浮遊感が残っていた。酒の量がよくわからなくなっていたから、飲み過ぎたのもあるだろう。

夜空を見上げる。曇っていて星は見えないが、気分は冴えわたっている。西島がってきた。

冤罪なら、一体誰が本当の犯人なのか。絶対に突き止めたいと思って、これまでやってきた。

上村和彦。

ついに出会ったのか。久世橋事件の犯人に。

3

こんがり日焼けした子どもたちの姿が見える。

もうすぐ終わる夏休みを目いっぱい楽しもうとしているようだ。ここ数日は雨が降らず、猛暑日が続いていた。

傷害事件の報告書を書きながら、祐介は別のことで頭がいっぱいだった。

上村にどう確かめればいいだろう。

久世橋事件のことは取調べ中の事件とは別件になるが、なんとか聞き出せないのか。時効の成立した事件だし、刑事罰も民事の責任も問われないからと説得すれば、正直に打ち明ける可能性はある。

頬杖をついていると葉月が姿を見せた。

「川上くん、ちょっと来て」

「どうしたんですか」

「唐沢検事が呼んでるのよ」

真佐人が？　葉月についていく。よくわからないが、話があるという。

角谷と会ったことは話していない。ずっと追い続けていた犯人が取調べ中の被疑者かもしれないなんて、真佐人が知ったらどう思うだろう。

だが自分たち兄弟は西島のことをずっと疑っていた。今度こそ絶対に間違ってはいけないいから、軽々しく口にはできなかった。

廊下を曲がると、そこには真佐人がいて電話をしていた。

「何かあったんですか」

声をかけると、携帯を切った。

「送検されてきた上村のことです」

また何か難癖（なんくせ）をつけてくるのか。それともこいつも久世橋事件と上村の関連に気づいたとでもいうのか。だが真佐人の言葉は意外なものだった。

「不起訴にします」

「はあ？」

「上村が供述したことは事実のようです。岸部タカ子さんが夫の財布を盗り、上村がそれを返そうとした。ご存じのように不法領得（ふほうりょうとく）の意思がなければ窃盗罪は成立しません。岸部さんに怪我をさせたことも故意はないので、せいぜい過失致傷……」

「ちょっと待ってください」

祐介は真佐人の言葉を遮った。

「正気ですか。あんな言い訳を信じて不起訴にするなんて」

逮捕したのに不起訴。それは何度も経験しているが、今度ばかりはあきれてものも言えない。祐介は両手をあげて真佐人に背を向けた。

「もちろん、信じたわけではありません」

真佐人のひと言に、半身でそちらを向く。

「昨日、岸部さんが目撃したらしいんですよ。タカ子さんが離れのジャンパーから財布を盗っていくところを」

「えっ」

「帰宅した際、たまたま目撃したそうです。岸部さんだけでなく、新しく来たヘルパーも一緒に目撃していたので間違いはないかと」

とはいえ全てタカ子がやったとは限らない。上村が盗んだのをタカ子のせいにしているだけかもしれない。祐介はそう言おうとしたが、口ごもった。

「岸部さんは言っていましたよ。うちの妻のせいでこれ以上、人様に迷惑はかけられないって」

「…………」

「まあ、岸部さんの話によって上村の供述が真実だと証明されたわけではありません。ですが上村の言っていた内容と同じことが何度も起きている以上、少なくとも私は有罪であると確信が持てません」

　祐介は何も言い返せなかった。

「すぐに不起訴決定をして、勾留を解きます」

　真佐人はそう言い残して部屋を出ていった。

　こんなことが……。

　上村の言うことは正しかったのか。だが今回やってないからといって久世橋事件も同じとは言えない。くそ。久世橋事件のことを聞くチャンスをここで逃してしまうわけにはいかないんだ。真佐人を追いかけて上村のことを伝えるか。いや、こんな根拠ではあいつは動かない。どうすればいい？


　休日、祐介はバイクに乗っていた。

　あれから上村は釈放された。

　もう取調べで話を聞くことはできなくなったが、久世橋事件についての疑いは残っている。だが釈放されたばかりの人間のところに刑事が訪ねていくのはさすがに非常識だ。真佐人を納得させるには上村の過去をもっと調べる必要がある。そう思い、エンジンをふかす。

行くあてはあった。

向かったのは、京都刑務所だった。

上村には家族はいない。友人と呼べるものもほとんどおらず、勤務先でも暗い男という認識しかなかったようだ。ただ窃盗罪で逮捕された時、一緒に逮捕された人物がいる。落合晃(おちあいあきら)。最近になってまた常習窃盗で捕まった人物だ。

面会を申し込むと、落合は会ってくれた。

禿頭(はげあたま)の男が姿を見せる。上村とは対照的に太っていた。

祐介は捜査ではないと断って、上村のことを聞いてみた。

「最近まで上村と付き合いはありましたか」

「ああ、あったけど」

落合はそう答えた。

「上村さんはどんな人だったんですか」

「ああ、暗い男でね。ダチにしちゃ面白みはないが、錠前破りの技は一級品だ」

しゃべり好きな男らしく、ぺらぺらと語っていった。

上村は母親を早くに亡くし、父親に暴力を振るわれながら育ったという。

「まあ、そんなのは俺たちの間ではよくあることさ。息をするように犯罪に手を染めるようになったってわけだ」

「上村が久世橋事件について何か話していたということはないですか」

　思い切って聞いてみた。

「事件のあったころ、上村は殺された社長の会社で働いていたと聞きました」

「あんた、ひょっとして上村が犯人だと疑っているわけ？」

「……いえ、それは」

　言い淀んでいると、笑い声が起きた。

「俺はよ、ずっと前からそうだと思ってたんだよ。あいつ、ついにやっちまったってな。上村はよく社長の悪口を言っていた。ぶっ殺してやりたいって」

　本当ですか？　確認の問いは飲みこんだ。

「社長はわかったようなこと言う人だったらしい。あの偽善者(ぎぜんしゃ)って、上村はかなりむかついていたようだよ。ただ社長は悪い人じゃないだろうな。上村がひん曲がっているだけさ。人の善意も疑ってかかる奴だからな。ま、俺も人のことは言えねえけど」

　落合は、がっははと笑った。

　それからもう少し話を聞いた。

「ありがとうございました」

刑務所を出て、祐介はバイクに乗った。

上村の昔を知っている人間と会ってみて、確信がもてた。久世橋事件でイメージされる犯人像とは違うが、絵に描いたような狂気的な凶悪犯などまれだ。小悪党が残忍なことをする。そんなものだろう。

落合は上村が久世橋事件の犯人だと言っていた。もちろんあいつの言ったことなどあてにならないが、このままにはしておけない。だがどうする？　やはり上村に直接問いただすしかないのか。そんなことをしても正直に吐くはずがない。

いや……たった一つだけ、方法はある。

覚悟を決めると、上村の住所に向かった。

自宅前で少し待っていると、上村が出てきた。

近くのコンビニへ入っていく。

しばらくすると、上村は缶コーヒーを手に出てくる。プルタブを引いて口をつけた時に声をかけた。

「上村さん」

こちらの顔を確認すると、上村は目を大きく開けた。

「介護の会社はクビになったそうですね」

　窃盗についてはともかく、岸部を怪我させて逃走しているからやむを得ないだろう。近づくと、警戒心むき出しに睨みつけられた。

「俺はもう不起訴になった。まだ何か用があるのか」

「すみませんでした」

　祐介は逮捕したことを謝った。

　刑事がわざわざ訪ねてきて謝るなんて思いもしなかったのだろう。上村は面食らっていたようだが、すぐに冷めた視線を投げかけて来た。

「しらじらしいな。何か魂胆があるんだろう」

「一つ聞きたいことがあるんです」

　舌打ちがかえってきた。

　構わず祐介はじっと上村を見つめた。

「三十一年前に南区のセメント工場で起きた事件のことです。あなたはそこで働いていたそうですね」

「それで？」

「社長を殺し、現金を奪って逃げた。その犯人に心当たりがありませんか」

　問いかけるが、上村はうつむいて答えなかった。

祐介は久世橋事件について語っていく。無実の罪に問われた西島のことをできる限り心を込めて話していく。

「冤罪だった西島さんと俺は縁があったんです。あの人が倒れているのを病院に運びまして、事件のことを知ったんです」

事実と多少違うが、ここでは特に問題はない。

「西島さんは死の間際まで言っていたんです。自分は無実であると。もう時効の事件ですし、本当の犯人がわかったところで大山さんの命も西島さんの命も返りません。何がどうなるというわけでもない。それでも俺は真実を明らかにしたいんです」

必死で訴えた。

久世橋事件の真相を明らかにしたいというこの思いだけは嘘ではない。その思いが通じたのかはわからなかったが、上村は何かを考えている様子だった。

「知るかよ、そんなもん」

缶コーヒーを飲み干すと、地面に叩きつけて上村は去っていった。

投げ捨てられたコーヒー缶を見つめながら、思った。予想どおり上村は何も語らなかったが、目的の物は驚くほど簡単に手に入った。祐介はスマホを取り出した。かけた先は真佐人だ。

「真佐人、非公式に頼みたいことがある」

「何だ？」

　転がったままのコーヒー缶に目を落とした。

「上村和彦のＤＮＡ型鑑定だ。科捜研に知り合いがいるだろ」

「アニキ」

　とうとう気が狂ったかとばかりに、真佐人はため息をつく。だがそんなこと、気にしている場合ではない。

「上村は久世橋事件の本当の犯人かもしれない」

「……本気で言っているのか」

　こちらの言葉をまったく信じていない様子だが、いきなりこんな話をしては無理もないだろう。

「根拠は何だ？」

　問われて祐介はこれまでのことについて説明していく。上村の足は二十八・五センチだったこと、窃盗の前科もあって手口が同じ、過去に大山セメント工場で働いていたこと……。

「ここまで条件の揃っている人間なんて他にいるか」

　全てを説明し終わっても、真佐人は無反応だった。

「鑑定すれば、一発で終わりだ」

真佐人は黙ったままだった。

いつものように正論をまくし立ててくると思ったのに、何も言わない。それは憐れむような態度に思えた。

それ以上、何も言わずに通話は切れた。

わかっているさ。これはやってはいけないことだ。ここに転がっているコーヒー缶に付着している唾液を採取して、久世橋事件の遺留DNA型とこっそり照合する。そんなこと誰が見ても違法だ。それでも……。

祐介はコーヒー缶を拾い上げる。

くそと言ってくずかごに投げこんだ。


バイクで走りながら、くさくさした気分だった。

DNA型鑑定をしてもらうのが難しいことはわかっていた。冷静に考えれば、不可能だろう。

だがそんなことは大した問題じゃない。不愉快な気分の原因は真佐人だった。これまで何度も衝突した。言葉だけでなく、倒れるまで殴り合ったこともある。だがそんな時もこんな気分にはならなかった。

あいつに見限られた。

そんな気がするのだ。わかっている。現状では上村が久世橋事件の犯人だなんて言えないことくらい。だが現実としてここまで怪しい男がいる。そしてそいつが犯人かどうかは単純なことで判明する。だからやりきれないのだ。

向かったのは、先斗町にある飲み屋だった。

角谷の行きつけの店だ。連絡を取って再び角谷と会うことにした。店内を見渡すと、奥の方の席に角谷の姿があった。

「よう、祐介くんか」

「角谷さん」

真佐人とのこともあって、祐介は飲んだ。あっという間に出来上がっていき、話は久世橋事件の方に向く。

「久世橋事件の手口もカム送りだったんでしょう。前に教えてくれましたよね？上村という男が捜査線上にあがっていたって。上村もカム送りを得意としています」

「そうだがな、カム送りはよくある手口だ。それだけで疑うのは無理がある」

「ですがDNA型鑑定さえすれば一発なんです」

角谷は口を閉ざした。酒を食らう祐介に視線をやっていたが、やがてため息をついてからゆっくりと口を開いた。

「なあ、祐介くん」

「はい」

「いいかげんにしたら、どうだ」

見たこともない厳しい顔だった。

「角谷さん」

ここに祐介がいないかのように、角谷はしばらく黙って刺身かまぼこを口に運んでいた。祐介は酒の味もわからなくなって、酔いは覚めていた。

ようやく角谷はもう一度、口を開いた。

「上村は久世橋事件の犯人じゃない」

単刀直入過ぎるひと言だった。

「あれから仲間だった元刑事に訊いてみた。上村には確たるアリバイがあったようだ」

「本当ですか」

「ああ、こんなに思い詰めてしまうなんて、私にも責任があるな。安易に上村の名を出すべきじゃなかった。君に会えた興奮で、どうかしていたんだ」

祐介は口を真一文字に結ぶ。

「お前さんのゴールはどこなんだ?」

「ゴール？」

「お父さんを思う君の気持ちは痛いほどわかる。だが本当の犯人が突き止められる冤罪事件なんて滅多にない」

「………」

「どんなに追い続けたとしても、一生たどり着けないかもしれない。お父さんは無念のままこの世を去っただろうが、君にはそんな生き方を望むだろうか。自分の人生をもっと自由に生きてほしい、そう思っているんじゃないのか」

角谷は札を置くと、席を立った。

祐介は一人残ったまま、お猪口に口をつける。苦いだけで味はしなかった。

4

蟬が鳴いている。九月に入っても、猛暑が続いていた。

祐介は肩口で顔の汗を拭った。

俺が間違っていたのだと今ならわかる。

釈放された被疑者を追いかけて無断でＤＮＡ型を採取するなど、非常識にもほどがある。あの時は鑑定さえできれば全てが明らかになると思って暴走していた。

ただ上村が飲んだコーヒー缶をくずかごにぶちこんだあの時、ぎりぎりで踏みとどまれた気がする。

「川上さん、すみませんね、せっかく来ていただいたのに」

頭を下げた制服警官は嵯峨野西交番の平松樹生だった。嵯峨野で暴力事件が起こっていると通報があって駆けつけたのだが、いつの間にか当人たちはどこかへ消えていた。

「いいよ、それじゃあ」

手を振り平松と別れる。

帰ろうと車を走らせているうちに、ふっと気づくことがあった。

この辺りだったな……。

上村の事件があったところだ。財布を盗ったタカ子は祐介のことを実の息子と思いこんでいた。岸部は元気にしているだろうか。そんな思いから少しだけ寄り道をすることにした。

祐介は岸部宅のチャイムを鳴らす。

しばらくして返事があった。出てきた岸部の腕はまだギプスで固定されていた。

老人だと治りが遅いのだろう。

「ああ、刑事さんですか」

ちょっと顔を見にきただけだと言うと、ばつが悪そうにどうぞと中に案内してくれた。

「お騒がせして申し訳ありませんでしたな」

「いえ」

　相変わらず、大音量でラジオがかかっていた。

　ベッドではタカ子がすやすやと眠っている。

　岸部はタカ子を見下ろしながらため息をついた。

「本当に私にはもったいない妻でしたよ」

　しみじみと言った。

「自分のことは二の次で私や息子のことをいつも心配してくれて。今じゃあこんなになってしまったけれど、ずっと連れ添いたいって思っていたんです。でもタカ子がものを盗ったりするようなことがこれからも起きるのなら、在宅介護を続けるのが不安で……。老人ホームへの入所も考えているんですわ」

「そうですか」

　辛いものだなと思った。

「ただ刑事さん、一つわからないことがあるんです」

岸部が疑問を口にした。

「わからない？」

「ええ、タカ子はどうして私の財布ばかりを盗ろうとするんだろうって」

祐介は顎に手を当てた。確かに夫の財布だけを盗っていくのは不思議だ。

「岸部さん、財布、見せてもらえますか」

「はい？　ええ」

岸部はちょっと待ってくださいと言って、財布を持ってきた。前に見た時もそうだったが、なぜか内側のカード入れの二列目のところだけ傷だらけだ。

「この傷っていつからあるんですか」

「はて？　そういえばここだけ変ですな」

老眼だからか、今まで気づかなかったようだ。

財布を返して何気なく仏壇に目をやると、息子である和彦の遺影が目に入った。たった一人の息子が呆気なくこの世を去ってしまう。それはどれだけショックだっただろう。そういえばタカ子は彼が死んでから、認知症が一気に進行してしまったんだったか。

ひょっとして……ひらめくものがあった。

「岸部さん、前にタカ子さんが財布を盗っていくのを見たのはいつごろでしたか」

祐介は日時を聞くと、スマホでニュースを確認していく。そして次第に自分の考えが正しいと思えてきた。

「刑事さん、何かわかったんですか」

岸部がこちらを見て言った。祐介はゆっくりうなずく。

もしそうなら、確かに辻褄が合う。

ベッドでタカ子が横になっているのに目をやると、切ないような思いになった。

「やっとわかりました」

「え？　何がわかったんですか」

岸部は目を丸くした。

「事件の真相……と言えば大げさかもしれません。でも大事なことです。それを確かめたいので今から私の言うとおりにしてもらえませんか」

「え、はあ」

財布を離れの定位置へ戻してもらい、二人で身をひそめた。

祐介はスマホで動画を検索する。目当てのものを見つけると、ラジオの音を消した。

静まりかえってしばらくすると、やがてタカ子が目を覚ました。

祐介はスマホで動画を流す。音量は最大だ。タカ子はそれに耳をかたむけているようだった。

もしこの考えが正しいなら、おそらく……。

祐介がそう思った時、タカ子がベッドから立ち上がった。壁にかけてある鍵を持って、離れの方へ向かって行く。

中に入ると、岸部のジャンパーのポケットに手をつっこみ、財布を取り出す。

だがその時、何かが落ちた。

タカ子はそれを見るなり、飛びつくように拾い上げる。財布はジャンパーのポケットに戻した。

「こんなことが……」

岸部は大きく目を開けていた。

祐介はふうと胸をなでおろす。必ずこうなるという確証などなかった。ただこれで一応の証明はできただろう。

二人はタカ子に近づき、そのしわだらけの手に目をやった。そこには岸部の免許証が握られている。

「岸部さん、タカ子さんは財布を盗ろうとしていたんじゃないんです。タカ子さんが盗りたかったのは岸部さん、あなたの免許証だったんです」

祐介は岸部に財布を見せた。二列目のカード入れのところに傷がある。

「今までは他のカードと一緒にぎゅうぎゅうに入っていたから、きつくてタカ子さんはうまく取り出せなかったんです。だからタカ子さんは財布ごと盗った。必死で取り出そうとしたから、ここだけ傷がたくさんついてしまったんでしょう」

「なるほどね。でもタカ子はどうして免許証を」

「ラジオのニュースを聞いて、不安になったからですよ」

「ニュースですか」

「財布が失くなった日だけ、似たような内容のニュースが流れていたんです」

さっきスマホで再生したのは、老人がブレーキとアクセルを間違えて交差点に突っこみ、怪我人が出たというニュースだった。

祐介は和彦の遺影の方を向いた。

「タカ子さんはあなたが交通事故を起こすんじゃないかって不安になったんです。免許証がなければ運転できない。そう単純に考えたんでしょう」

岸部はしばらく黙りこんでいたが、やがて立ち上がる。

「タカ子、お前は俺を心配してくれていたんだな」

岸部はタカ子を抱きしめながら、泣いていた。

これが真実であるという絶対的な証拠（しょうこ）はない。

それに事件としては既に完結しているのだから、ここまでつきとめる必要はない。だがこの事件、そもそもの原因はタカ子に残る夫への深い愛情だった。そのことに気づけてよかったと思う。

風鈴がちりんとなる。

蚊取り線香の匂いの中、夫のすすり泣く声が聞こえていた。

5

残暑が相変わらず続いていた。

上村にアリバイがある以上、彼は久世橋事件の犯人ではない。本当の犯人について何もわからないまま、日はむなしく流れていく。

嬉しいこともあった。

加藤の意識が戻ったのだ。もうこれで命の心配はないという。祐介はその一報を聞いて、昼休憩の時間に病院までさっそく会いにきた。

病室のベッドには、一人の元警察官が横たわっている。

点滴のチューブが何本かつながれており、まだまだ絶対安静ですと言わんばかりの様子だが、体を少し起こして雨の降りだした窓の外を見ていた。

「加藤さん」

行くことは家族に伝えてもらっていたので、声をかけると笑みが返ってきた。瀕死(ひんし)だった加藤が助かってくれたのは、言葉にならないほどうれしい。

「祐介くんか」

「お見舞いの品も持たずにすみません」

「はは、気にすんな」

どうせまだ何も食べれやしないさ、と加藤は笑った。本当に生きていてくれてよかった。あのまま永遠の別れになっていたらと思うと、ぞっとする。ただ気のせいか、どこか苦(にが)みのある表情に思えた。瑞希の記憶の汚染のことを聞いたのかもしれない。

奥さんから預かっていたメモ帳を返しつつ、話をする。

「そうか、角谷さんに会えたか」

「はい」

「携帯番号を変えたって聞いたんで、メモしたんだ」

久世橋事件についての新しい情報は見つからなかったそうだが、余計なことをお願いしてしまって申し訳なかった。

「いつか本当の犯人にたどり着けるといいな」

「ありがとうございます」

見舞いに来たのに、逆に励まされてしまった。胸が熱くなるのを感じつつ、加藤の病室を出た。

階段に向かうと、上ってくる人影に気付いた。

真佐人だった。祐介には気付いていないようなので、そっぽを向いてやり過ごす。上村を疑って違法にＤＮＡ型を取ろうとして以来、気まずくて会わせる顔がない。

足音がしなくなった。

通り過ぎていったようなので顔を上げると、真佐人が立っていた。

「やるじゃないか、アニキ」

思わぬ賞賛がこぼれて面食らった。

「何が言いたい？」

「上村の事件のことだよ。思わぬ真相が隠れていたのを突き止めたんだろ」

思わぬ真相か。そんな仰々(ぎょうぎょう)しいものではないのだが……。

「あれから俺も、上村に会って話を聞いた。上村は介護職に戻れたらしいぞ。彼が財布をこっそり返そうとしたのは、岸部さんたちを思ってのことだったそうだ。岸部さんが会社に頼みこんだおかげで、タカ子さんの訪問介護も再開できることになったそうだ」

そうだったのか。知らなかった。

「アニキは岸部夫婦だけじゃなく、上村も救ったんだ」

苦い笑いが込み上げてくる。

確かに結果的にはそうだったかもしれない。だが自分にはそれを誇る資格はない。上村を久世橋事件の犯人だと疑って、危うく一線を越えてしまうところだった。

「悪かったな。俺が間違っていた」

祐介はいまさらのように謝った。もう二度とあんなことはしないと心に誓っている。

だがそれとこれとは別で、犯人を見つけ出すことを諦めたわけではない。

真佐人はしばらく口を閉ざしていた。本当に反省しているのかとでも言いたげな間合いに思えたが、声が聞こえた。

「岩切貞夫（いわぎりさだお）」

その名前は、不意にこぼれた。

「誰だよ、それは」

「上村から聞いたんだ。昔、セメント会社で働いていたころ、従業員に岩切という男がいたらしい。大山社長は彼を更生させようと雇ったんだが、事件後すぐに辞めていったそうだ。そいつも上村と同じくらい、でかい男だったそうだ」

そいつが久世橋事件の犯人かもしれない。上村は、そう言いたいのか。

「どうして上村が、そんなことを」

「話したのさ。俺とアニキ、そして大八木宏邦のことを。どうしても本当の犯人が知りたいってな。そうしたら、上村が教えてくれたんだ」

あっけにとられた。

父のことは加藤や角谷など、信頼できる者にしか打ち明けていない。上村は少し前まで疑っていたような男だ。そんな奴にこんな大事なことを話すとは何を考えている。じっと真佐人を見つめた。

「岸部夫婦との関係が修復できたおかげで、上村の心の錠前が開いたんだろう。久世橋事件の犯人に疑われたことも、水に流してやるって」

こんな結果まで予想したわけではなかったが、二人が追っていた事件の手がかりまで得ることができてよかった。

「じゃあな」

片手をあげて真佐人は去っていった。

電話では冷たい態度だったが、あいつも気にして上村のことを冷静に見極めようとしていたのだろう。そして犯人ではないと突き止め、うまく聞き出せば情報を得られると判断した。利用できるとなれば、ためらわずに自分の秘密も打ち明ける。

あいつだって久世橋事件の真実を追うのに必死なのだ。
祐介はしばらく立ち尽くしていたが、やがて早足で歩き出す。
岩切貞夫。
心の中でその名前をくり返しつつ、階段を駆け下りた。

第三章　かすり傷

1

昔ながらの狭い店内に、プラモデルの箱が山と積まれている。

模型店に入った祐介は、見るともなしに見上げた。戦艦からロボット、車の模型など数多くのプラモデルが並んでいる。装甲騎兵ボトムズが目に入り、手に取る。子どものころはそれなりにプラモデルも作ったりしたが、それきりだ。

それに今、関心があるのはプラモデルではない。

「何かお探しですか」

店主というか、ただ一人の店員に声をかけられた。

「ああ、いえ」

真佐人が上村から聞いたという岩切の特徴とは異なる。大柄どころか百五十センチあるかどうかの小柄な老人だった。だが上村の記憶は不正確かもしれないし、岩切という男が犯人であるという保証などありやしない。

「いいですよねえ、ボトムズ」

店主は盛んに話しかけてくる。

既にこちらの用事はすんでいるのだがこんな小さな店なので、何も買わないで外へ出るのは気が引けた。

「まいどあり」

やれやれ。こんなものを作っている暇なんてないのだが。結局、ほこりをかぶったボトムズのプラモデルを買って店を出た。店主には気に入ったと思われたようだが、たまたま見ているふりをしていたというわけでもない。

昔のことを思い出す。

子どものころ、なけなしの小遣いでボトムズのプラモデルを買ったことがある。古いキャラクターだったし、何がどう気に入ったのかは覚えていない。手先が不器用だったので苦戦したのだが、それでも組み立てていく作業が楽しく、だんだんできていくのが惜しくもあった。

だがある日突然、ボトムズは一気に完成していた。祐介がなかなか完成させられないのを見かねて、真佐人が勝手に作ってしまったのだ。しかも色まで塗ってある。それはとても恰好良くて、だからこそ腹の底からむかついた。

祐介は怒った。真佐人は感謝されると思っていたようで、せっかく助けてやったのにと逆に言い返してきた。それから取っ組み合いになってボトムズは無残に壊れ、二人とも大泣きした。

くだらない喧嘩だったと思う。

あの時どうしてあんなに真佐人に怒ってしまったのか。プラモデルを勝手に作られてしまったこと以上に、兄としてのプライドが赦せなかったのだと、大人になった今ならわかる。

そしてそれは未だに変わっていない。

捜査中に余計なお世話が多くて、負けたくないと、いつでもあいつと張り合っている。

どれだけ調べても、警察の記録にその名前はなかった。

岩切貞夫。

思わぬ形でもたらされた久世橋事件の犯人候補。前科者のようだが、警察のデータにそんな名前は見つからない。ネットで調べたら何人かいたのだが、実際に足を運んでみると同姓同名の別人だった。

さっき訪ねた模型屋の主人も岩切貞夫。これで何度目のはずれだろう。

何とも効率が悪い。それでも今は岩切貞夫という名前だけが頼りなのだ。

寮の近くまで戻り、ファミレスで夕食をとっていた時に、携帯に着信があった。太秦署からだ。

「自動車事故のようなんですが、事件性があるかもしれないそうで」

詳しいことは現場で聞くことにして、すぐに向かうと伝えた。

エンジンをふかすと、バイクを出した。


現場に向かうと、人だかりができていた。

警察官が規制しているが、近所の人たちが大勢騒いでいる。

「川上さん」

制服警官が手を振っている。平松だ。

「こっちです。車が酷いことに」

案内されなくてもすぐにわかった。民家の外壁が崩れていて、そこに車が突っこんでいる。フロントガラスは粉々で、ボンネットがぐしゃぐしゃだ。外れたタイヤが転がっている。車を運転していた人物は、すでに救急車で運ばれたという。エアバッグが膨らんでいて、これが命を助けたようだ。

平松がメモを片手に説明してくれた。

「被害者は成田彩未さん」

年齢は三十九歳で専業主婦だという。

「車に乗っていたのは彼女一人だけだったようです」

「怪我の状況は？」

「見たところ大きな怪我はなかったみたいですよ。運ばれる時も意識はしっかりしていました」

不幸中の幸いというやつか。

「ご近所のこの方が見ていたようです」

平松の横にいた女性が口を開く。

「この坂を上がっていったところに家が見えるでしょう。あそこに住んでいる奥さんよ。ブレーキが利かなかったのかしら。怖いわねえ」

ガレージから出て、そのまま真っすぐ坂を下って壁に激突したそうだ。

「平松、事件性があるかもしれないって聞いたが、どういうことだ」

「それがですね。車のブレーキホースが何本か切られていたんです」

「ブレーキホース？　事故の衝撃で切れたとかじゃないのか」

「違いますよ。どう見ても」

これだから素人は何もわかってない。そう言いたげな顔だ。平松は咳き払いしつつ説明する。ブレーキホースの部分は、明らかに鋭利な刃物か何かで切られた跡があるという。こいつがこれだけ自信をもって言うなら間違いないだろう。

「それより川上さん、これ見てくださいよ」

平松は割れたフロントガラスの下の方を指差す。戦車のプラモデルがダッシュボードに固定されていた。こんなところでプラモデルを目にするなんて、おかしな偶然だ。

「M-48Aパットンです」

「なんだそれは?」

「第二次大戦後の米軍の主力ですよ。こんな状況で無傷とは。いやあ、もうこれ奇跡的としか言いようがないですよ」

不謹慎なことに、ミリタリーマニアの平松の目は輝いている。

「平松、そんなものに気を取られている場合じゃないぞ」

「はあ、すみません。つい興奮してしまって」

謝りながらも、平松の視線は祐介の背後にあった。

何かあるのかと思って振り返ると、そこにはさかしげな顔の優男が立っていた。

真佐人は車の前にしゃがみこみ、戦車のプラモデルを見た後、視線をブレーキホースへ移す。

「検事、どうしてここへ?」

祐介が問いかけると、真佐人は振り返ることなく答える。

「前に担当した事件と関係があるかもしれないと思ったんです」

真佐人は説明する。京都市内でブレーキホースが連続して切断される事件が起きていた。犯人はすでに起訴されて有罪判決が出たが、執行猶予になったという。

「もしかしてこの事件も、同じやつが……」

平松は興奮気味に真佐人に詰め寄る。

「いえ、違うようです」

あっさりと否定され、平松は腰くだけになった。

「連続事件の犯人は、憂さ晴らしがしたいだけの臆病な男でした。悪意はあっても死人を出そうとまでは思っていない。ブレーキホースだけじゃなくタイヤもパンクさせて、車が走行できないようにしていたんです。だから怪我人は一人も出ていない」

真佐人は続けた。

「今回はタイヤをいじった形跡がありません」

「殺しにきているってことだな」

祐介の言葉に真佐人は振り返ると、ゆっくりうなずく。平松は頬に手を当てムンクの叫びのような顔をした。

「完全に事故ではなくて事件、ですね」

「そう思います。ただのいたずらでブレーキホースを切ったんじゃない。おそらく激しい恨みが根っこにあるように思えます」

　ブレーキホースを切る行為は器物損壊罪にあたるが、被害者は死んでいてもおかしくない状況だ。殺人未遂といえるだろう。

「どうかみなさん、引き続き捜査をよろしくお願いします」

　真佐人は頭を下げて、背を向けた。

　こいつは検事だというのに、いつもこうして自ら現場に足を運び、多くの事件をその目で確かめて回っている。そこには絶対に真実を暴き出すという責任感が見える。憎まれ口をたたいていても、そういうところは認めている。

　岩切のことはどうなんだ。教えてくれたが、それきり、何も言ってこない。こっちはまるで進展がないが、そっちはどうなんだ。問いかけたい気持ちがあったが、飲みこんだ。

　わかっているさ。今は目の前の事件に向き合うしかない。

2

祐介は葉月と二人、病院に向かった。

被害者の成田彩未は奇跡的に軽傷だったので、思ったより早く事情を聞くことができるということだった。

「別居中の夫は宇治市に住んでいるらしいわ。小さなお子さんが一人いるみたい」

「離婚をしているわけじゃないんですね」

話していると一人の女性が廊下を歩いてきた。ふくよかで優しそうな人だ。成田彩未の病室へ入ろうとしている。

「失礼ですが、成田彩未さんのご家族の方ですか」

その女性は首を横に振った。

「いえ、私は彩未さんをサポートしている鈴木布美子と言います。事故に遭われたと、お母さまから連絡があり、心配で様子を見に来たところなんですが……」

何かの支援団体だろうか。祐介と葉月は警察だと名乗り、鈴木という女性とともに中に入った。

ベッドには一人の女性が横になっていた。

成田彩未は小柄で、大人しそうな印象だった。軽いむち打ちと顔のすり傷だけで、検査結果に異常がなければすぐにでも退院できるそうだ。

「彩未さん、本当に大丈夫？」

鈴木が問いかけると、彩未はゆっくりと体を起こす。

「はい。おかげさまで」

「爽太くんは？」

「実家の母に預かってもらえたから心配ないです。それよりも……」

彩未は話しながら泣き始めた。無理もない。命を狙われて死ぬかもしれないところだったのだ。震える肩を、鈴木がさすった。

「警察の方が来ているから、後でゆっくり話を聞くわね。気を確かにね」

こちらを見て頭を下げると、鈴木は出ていった。

扉が閉まると、葉月が話しかけた。

「こんなことがあってお辛いでしょうが、犯人検挙に向けてご協力をお願いいたします」

彩未は小さくうなずいた。

「車のブレーキですが、いつからおかしくなったんですか」

「さあ……エンジンをかけた時には気づかなかったんです。走り始めた時は何となくおかしいとは思ったんですけれど、急いでいたので」

急な頭痛で耐えられず、薬を買いに行こうとしていたらしい。店が閉まってしまう前にと慌てていたそうだ。

「その前に車を動かした時は別段おかしいところはなかったんですか」

「ええ。夕食を買いに行った時は、車は普通でした」

「その時の時間は？」

「夕方の六時くらいです」

つまり、そこから九時前に車を動かすまでの三時間足らずの間で、ブレーキホースが切られたということだ。その時間に絞って周辺の聞きこみをしていけばいい。

「車の他にも身の回りで異変はありませんでしたか」

「ええと……特には」

「あなたに危害を加えようとする人物に、心当たりはありますか」

質問に彩未はうつむいて片方の腕を押さえた。

「それは……」

近所の人たちに聞いた限り、彩未はひかえめな女性でトラブルを起こすようなタイプではないとのことだった。

待っていたが、彩未の言葉は続かない。やはり心当たりはないか。そう思った時に、か細い声が聞こえた。

「こんなこと、思いたくはないんですが」

「はい？」

「もしかしたら夫かもしれません」

どういうことなのかと、葉月が尋ねた。

「私は夫からＤＶを受けていたんです」

さっき見舞いに来た鈴木は、ＤＶ被害者支援センター『ＦＩＮＤ』のスタッフなのだと彩未は説明した。

「ご主人と別居されているのは、そのためだったんですね」

彩未はゆっくりうなずく。長期にわたる暴力に耐えかねて警察に相談。証拠もあって夫は逮捕されたという。

「夫は加害者更生プログラムを受けることを条件に、不起訴になりました。それと離婚はしなくて別居ということに……。どんなに辛い目に遭っても、やっぱり夫のことを信じたい気持ちがあったんですよね。子どももいますし、好きになって結婚した相手なので」

『ＦＩＮＤ』では被害女性への支援の一環として、加害男性に更生プログラムを提供しているそうだ。夫の成田には妻と子への面会を許しておらず、弁護士や『ＦＩ

ND』のスタッフが夫婦の間に入ってやり取りしているらしい。色々と複雑な事情があるようだ。

「一つ、聞きたいんですが」

祐介が割って入る。

「旦那さんからDVを受けていたことはわかりました。でもだからといって今回の事件も彼がやったとは限りませんよね。どうしてそう思われるのか、何か理由があるんですか」

彩未は口元に手を当てた。

「旦那さんを、ですか」

「実は見たんです」

「はい。夕食後、カーテンを閉めようとして窓の外を見たら人影があって驚きました。ここには来ない約束だったのに、どうしてと思って……」

悶々（もんもん）と考えているうちに頭痛がしてきた。耐えられなくなって薬を買いに車で出ようとしたらこんなことになってしまったのだという。

被害者本人による目撃証言か。

もしそれが本当なら、夫の犯行だと疑っても当然だ。祐介と葉月はもう少し事情を聞いてから、病院を後にした。

次の日の朝早く車は宇治市へ入っていく。

祐介がハンドルを握り、閑静な高級住宅地にやってきた。

「ほんとに酷い話よね」

助手席の葉月は怒りっぱなしだ。

「彩未さんが見ているんなら間違いないわ。犯人は夫で決まりよ。だいたいＤＶに対する刑罰が軽過ぎるのが問題なのよ」

確かにそうかもしれないが、彩未の目撃証言はいまいちはっきりしないように思えた。

「着いたようね」

〝成田〟という表札がある。宝くじでも当たらない限り一生住むことがないであろう豪邸(ごうてい)だ。外から中の様子(ようす)は見えず、要塞(ようさい)という感じだった。

「夫の成田雄平(ゆうへい)は地元では有名な企業の跡取り息子だそうですよ。もともとはこの家で家族三人、暮らしていたんですね」

「でも奥さんと子どもは逃げて行っちゃったんでしょう。セレブな暮らしでも、ＤＶされるんじゃたまったもんじゃないわ」

話を聞かせて欲しいと電話をかけたら、何時でもいいとのことだった。会社役員というのはいい身分だ。どんな悪い男が出てくるのかと思いながら、インターホンを鳴らした。

まもなく彩未の夫が姿を現す。

「妻は大丈夫なんでしょうか」

心配そうな顔で訊ねてきた。

「今すぐ彼女の元へ飛んでいきたいところですが、面会が許されていませんので」

成田雄平は小顔で鼻筋がすっと通っていた。華奢で清潔感があり、いかにも女性にもてるだろうという外見だ。四十歳という年齢が信じられないほど若い雰囲気で、妻に暴力をはたらくようにはとても見えない。

「彩未さんは念のために精密検査を受けていましたが、体は大丈夫そうでしたよ」

そうですか、と成田はほっとしたようだった。

ふと隣にいる葉月を見ると、どうしたのか目を大きく開けて固まっている。すぐさま質問を浴びせるのかと思ったのに、さっきまでの勢いはどうしたのか。黙りこんでいるので、祐介が口を開いた。

「あなたは妻の彩未さんにDVを繰り返していたそうですね」

成田の表情が陰る。

「はい、それは認めます。僕は本当にひどいことをしていました」

深い悲しみが顔ににじみ、やがて神の前で祈りをささげるかのような静かなまなざしになった。

「でも僕はそんな自分を変えようと努力しているところなんです」

「努力、ですか」

すかさず葉月が聞き返した。

「はい。更生プログラムに通い始めて、もう二年近くになります。最初は正直、嫌々だったんです。どうして僕がこんなことをしなくちゃいけないのかってね。でも通ううちに気づいたんです。どれだけ自分が妻を傷つけてきたのかって」

「奥さんとは離婚せずに別居だそうですね」

祐介の問いに、成田はうなずく。

「ええ、そうなんです。プログラムを修了させて僕が変わったと認められれば、妻や子どもと再び会えるようになるんです」

「なるほど、そういう条件だったんですね」

別居するにあたり自分が出ていくつもりで家を借りたが、実家が近いからそこに住むと言って妻たちの方が出ていったという。子どもが小さいので彩未は今は働いていない。家賃だけでなく生活費は全て夫の成田が払っているそうだ。

「昨日午後六時からのあなたの行動を教えてください」

高級そうな腕時計の文字盤をとんとんと指で叩きながら、成田は思い出す。

「七時前まで会社で仕事していました。退社して八時半くらいに『ＦＩＮＤ』に寄ってから、九時ごろ帰宅したと思います」

「加害者更生プログラムの日だったんですか」

「いえ。その日は違ったんですけど前に傘を忘れてしまったので、傘立てにあるのを取りに行ったんですよ」

そうですか、と返事をしつつ、祐介は首をかしげる。

「でも退社してから随分と時間が空いていますよね。その間は何をされていたんですか」

「夕飯を適当にテイクアウトして車内で食べてから向かったんですよ。体に良くないとはわかっていますが、一人暮らしだと外食ばかりになってしまいましてね」

「念のためにお聞きしますが、彩未さんの家には行っていませんよね？」

面会が許されてないのだから、本来であれば行っているはずはない。

「それは、はい」

少し目が泳いでいる気がしたが、すぐに顔を上げて成田は言った。

「もしかしてですけど、刑事さんは僕を疑っているんですか」

祐介はじっと成田の目を見た。

「関係者の方には全員に話を聞きますので」

「僕は絶対にやってません。確かに妻への暴力で逮捕されたことがありますが、そのことは十分反省しています。妻ともやり直したい、息子の爽太にも会いたい一心で、自分を変えようと努力しているところなんですから」

信じてほしい、と訴える。

「どうか妻を安心させるためにも、犯人を早く逮捕してください」

成田は深く頭を下げた。

それ以上聞くことはなく、成田宅を出た。

車に乗りこんでシートベルトを締める。

「成田のアリバイを確認する必要がありますが、俺の印象としては妻の彩未さんのことを愛しているし、過去のＤＶについて反省しているように見えましたけど」

「川上くん」

葉月の目がいつになく厳しかった。

「すっごく甘いわよ。口ではなんとでも言えるでしょ。ＤＶ男は表と裏の使い分けがうまいんだから、あっさり騙されてどうするのよ」

「いや、俺は別に肩をもってるわけじゃなくて」

「そうかしら。やっぱり私はあの夫が怪しいと思うな」

別居を強いられて募らせた不満が、妻への凶行につながったかもしれない。愛と憎しみは紙一重なのよ。葉月は鼻息を荒くしてそう力説した。

「まあ、調べていくしかないですね」

「ええ。行きましょう」

京都市内に戻ることにした。


現場へ向かう途中、成田の会社と『ＦＩＮＤ』に立ち寄る。

午後七時に退社したことと、八時半くらいに忘れ物の傘を取りに来たことは間違いないようだ。だが夕飯をテイクアウトしたという店ではアリバイの確認ができなかった。成田雄平への疑いを否定できるものは一つもない。

一方、彼を罪に問うためには彩未の目撃証言だけでは弱い。そこで現場近くの住人に話を聞いて回ることにした。

「太秦署のものです。少しお聞きしたいのですが」

何軒目かの住宅で事情を話し始めるや否や、途中で遮られた。

「あれですよね？　成田さんの車のブレーキが利かなかったっていう」

「はあ」

「成田さんはホントいい方ですよね。品がよくて、きれいで。うちも夫が単身赴任だから、男手がないと大変だっていうのがわかるのよ。あの奥さん、お子さんが小さいのに一人でよくやってるわ」

四十代くらいの女性は、見た目どおりによくしゃべる人だった。

「でもシングルマザーにしては一軒家のいいおうちに住んでいるわよね。壊れた車だって高級車でしょ」

「あの、すみません。昨日のことなんですが」

「ううん、特に怪しい人は見なかったわねえ」

聞いていくが、今回もはずれのようだ。

礼を言って、外へ出た。これで町内は全て回った。防犯カメラも借りてチェックしている。

「閑静な住宅街ですし、目撃者を探すのはなかなか難しいですね」

やはり成田雄平による妻への犯行なのだろうか。反省していたかに思えたが、どこまでが本心なのか推し量ることはできない。

「あれ、もしかして川上さん」

聞き覚えのある高い声に振り返る。そこにいたのは宇都宮実桜だった。黒いスーツを着ていて仕事中だということが一目でわかる。

「川上くん、知り合い？」

葉月に聞かれて、顔見知りの弁護士だと説明する。実桜はぺこりと頭を下げた。

「なんでこんなところにいるんだよ」

「なんでって、成田雄平さんのご両親から頼まれたんや。警察に疑われているよう
だから弁護してやってほしいって」

実桜は成田の会社の顧問弁護士を務めているそうだ。

「雄平さんがＤＶで逮捕された時も、ウチが担当してるんよ」

加害者更生プログラムへの参加を勧めたのも実桜だとわかった。

「今は事件の現場を調べに来たとこ。無実の罪は赦せへんしね」

挑戦的な実桜の口ぶりに、祐介はため息をつく。

「まだ無実だと決まったわけじゃない」

「そうよ。成田は彩未さんに酷いＤＶをしていたんだから」

葉月が間に割って入ってきた。

「プログラムを受ける前のことやん。雄平さんは努力して変わらはったし」

「そんな簡単に人って変われるかしら」

「変われるよ」

実桜は口調を強くした。

「もちろん完全に変わったなんて言わへんけど。前とは全然違とる。成田さん、家

族に会いたくてホンマに頑張ってるんよ」

　遠慮のない態度に、葉月はカチンときているようだ。実桜は最近大人しくなったと感じていたが、それはプライベートでの姿だったのだ。以前は噛みつくように人権だなんだと言われていたことを思い出す。

「外国にはＤＶコートっていう専門の裁判制度もあるんや。ＤＶをする男性が変われんって決めつけるより、変われるよう支援していった方が被害者のためにもなる」

「理想としてはな」

　口を挟むと、実桜に睨みつけられた。

「川上さんもどうせ変われんって疑っとるん？　でもウチにはわかる。成田さんが自分を変えようと苦しみながら頑張る様子をずっと見てきたから。もうすぐ修了するところまできているし、彩未さんだって約束どおりに会ってもええって言ってたとこなんや。成田さんが犯人だなんて、ありえんって」

　実桜の言っていることは本当なのかもしれないが、個人的な感情が入り過ぎている。葉月は唇をとがらせた。

「無実だという具体的な証拠を示せなければ、信じていても意味がないわ」

「だから今調べているとこやん」

女同士で火花が散っているようだった。放っておけばいつまでも言い合っていそうなので、二人を引きはがすようにしてその場を離れた。


太秦署に戻った。

葉月は捜査資料を片っ端からひっくり返している。

「成田の顔を見て、もしかしたらって思ったんだけど……調べてはっきりした。私、あいつにかかわるのは二回目なのよ」

「えっ、前に成田が逮捕された時ですか」

祐介の問いに葉月は首を左右に振る。

「もっと前。生活安全課にいたころだからもう七、八年前になるかな。若い女の子に相談を受けていたの。付き合っている男が暴力をふるうって」

「デートDVってやつですか。彩未さんとは別の女性ですよね」

「ええ。彩未さんの前に付き合っていたんでしょう」

金持ちだしモテそうだから、女性には事欠かなかったのかもしれない。

「その時に成田のことを何とかできていたら、新たな被害者を生まずにすんだかもしれない。あいつは罰(ばつ)されることなく女性への暴力を繰り返してきた。一度逮捕されているのに、なお犯行に及んだとしたら絶対に赦せない。彩未さん、殺されるところだったのよ」

　葉月に熱が入っていた理由がようやくわかった。

　その時、武内がやってきた。

「言われたとおり、調べてみたぞ」

　葉月が武内に何か頼んでいたようだ。

「最近になって、成田彩未に多額の生命保険がかけられていた」

　今回の事故で保険金が成田に下りるという。

「それって、まさか」

　殺害する動機になりうるものだ。葉月の顔色が変わった。

「行くわよ、川上くん」

　立ち上がると、すぐにどこかへ行く。祐介はお供をするように後を追った。この事件に関してはいつになく感情的になっている。

　係長の有村（ありむら）の机の前に立ちはだかると、葉月は単刀直入に言った。

「成田雄平を逮捕すべきです」

　有村は目をそらしてお茶をすすった。

「……気持ちはわかるがな」

「これを見てください」

葉月はパソコンに捜査資料を映し出す。

「二年前に撮られた動画です」

隠し撮りだろうか。斜めになった画面の中、彩未を殴りつける男の姿が映っていた。

――謝れ！　俺に謝れ！

叫んでいるのは、成田雄平だ。興奮して大声を出している。赤ちゃんの泣き声がこだましている。

――被害者ぶりやがって、お前の受けた傷なんてかすり傷だ。わかってんのか。お前のせいでこっちが迷惑しているんだから、俺の方が被害者だ。ふざけんな。

彩未は殴られるのを両腕でかばいながら、しゃがみこんでいる。ごめんなさい、ごめんなさい……すすり泣く声がかすかに聞こえる。

見るに耐えかねる映像に、祐介と有村は言葉を失っていた。

鬼のような形相。さっき会った成田とは、まるで別人だ。

「ためらいもなく奥さんを殴り続けられる人だったんです。この動画は彩未さんがとっさに隠し撮りをしたものだそうで、これがあったからこそ逮捕につながったそうです」

成田はまったく罪の意識がなかったと、取調べの記録にある。

「妻のために夫である自分が教育してやっていたのに、どうして逮捕されなくてはいけないのか、と。そんな態度だったそうです。自覚がないのに、更生なんてできるはずがありません。そう思いませんか、係長」

「……まあな」

決定的な証拠はないが、面会を禁じられているはずの成田が別居中の妻の家の前で目撃されていたとなれば、やはり怪しい。そう思い、祐介も口をはさむ。

「彩未さんの安全のためにも、早く身柄を確保すべきです」

有村はお茶をすすりながら、長く息を吐き出す。

「わかった」

ゴーサインが出て、葉月は大きくうなずいた。

3

まもなく成田は逮捕された。

祐介はゆっくり椅子(いす)に腰かけ、聴取(ちょうしゅ)を始める。

成田の弁護士である実桜は憤慨しているだろうが、長年の価値観が二年やそこらのプログラムで変えられるとは思えない。何より多額の生命保険を妻にかけていたことが決定打だった。

祐介は葉月とともに成田に向き合った。

「僕は本当にやってないんです」

成田の方から口火を切った。

「本当に何もしていない。わかってください」

葉月はじっと成田を見つめている。

初めて会った時は思わなかったが、あの動画を見た後だと誠実さが逆に不気味に見えなくもない。葉月が感情的になる気持ちも理解できる。

会社内での成田の評判はよく、パワハラやセクハラなどの悪い噂もなかった。誰もが信じられないという反応だったが、妻へのDVがあったことは事実。それだけ裏表のはっきりした人間であるということの証明でしかない。

葉月が睨みつけるように訊ねた。

「あの日、彩未さんが家の外にあなたがいるのを見たと言っていましたが」

「それは何かの間違いです。妻とは面会が許されていないんですから」

「約束を破って近づき、車に細工をしたんじゃありませんか」

「そんな、違います」

成田は否定を繰り返す。

「では彩未さんにかけた生命保険について聞かせて下さい。事故の少し前に加入されたそうですが」

質問の角度を変えると、成田は青ざめた顔になった。

「いや、それは本当に偶然なんですよ。誠意のつもりでかけただけのことです」

「誠意……ですか」

「おかしな意味は全くないんです。会うこともできないから何か彼女のためにできることがあればと思ったんですよ」

その後も、やったやらないの応酬で進展はなかった。

「本当にやってないんです」

最後までそう言って、成田は連れていかれた。過去にＤＶで逮捕された時も罪の意識がなかったということだから、自白には時間を要するかもしれない。

深呼吸をしてから肩を回す。

これから成田に続いて、妻、彩未の聴取だ。

葉月とともに応接室に向かう。こちらに気づくと彩未は軽く頭を下げた。膝の上には三歳くらいの男の子がいた。車のおもちゃで遊んでいる。

「主人はどうでしたか」

「罪を認めようとしませんが、事実関係を確認しているところです」

葉月の言葉に、そうですかと彩未はうつむいた。

「お聞きしたいんですが、更生プログラムを受けてご主人は少しでも変わられたんでしょうか。聞いたところによるともうすぐ修了とのことで、そうなったらご主人に会ってもいいと言っていたそうですが」

彩未はゆっくりうなずいた。

「それは本当です。プログラムに参加しているところを録画で見せてもらったり、夫の様子を聞かせていただいたりしていましたから。彼から謝罪の手紙も受け取っていました」

言いにくそうに葉月が訊ねる。

「ご主人を赦していたんですか」

「ええ。でも、赦せない気持ちも同時にあるんです。苦しくて辛い思いをさせられたことは一生消せないですから」

悩みながらも夫を受け入れようとしていた矢先、命を狙われたということか。信じていただけに裏切られたショックは大きいだろう。

「もう一つ聞いてもいいですか」

ふと思い出して祐介は尋ねた。

「車のダッシュボードに戦車のプラモデルがありましたよね」

大破した車にあって、奇跡的に壊れずに残っていたものだ。

「あれって旦那さんのものですか」

「ええ、そうです」

彼女の趣味(しゅみ)としては少々、不釣(ふつ)り合いな気がしていた。

彩未は膝の上に座る息子の頭をなでる。

「この子が気に入っているんです。あれがあると機嫌(きげん)よくしてくれるので、車にくっつけてあったんです」

夫のものだとしたら常に目に入るのは苦痛じゃないかと疑問だったが、理由に納得した。

「それじゃあ、これで」

悄然とした様子で彩未は帰っていったが、成田が口を割らない以上、真相は摑めない。

「もう少し調べてみるしかないか」

太秦署を出て宇治市に向かうことにした。

以前にも足を運んだＤＶ被害者支援センター『ＦＩＮＤ』にやって来た。ここへ二年近く毎週通って、成田は更生プログラムを受けていた。

雑居ビルの三階が本部らしく、祐介はエレベーターで向かった。

「こんにちは。あれ、あの時の……」

鈴木布美子という支援スタッフが、にこやかに出迎えてくれた。前にも彩未の病室で会ったことがある。成田が逮捕されたことで、『ＦＩＮＤ』でも混乱が起きているそうだ。報道陣がつめかけ、他の参加者にも動揺が広がり、更生プログラムは一時的に休止しているのだという。

「成田雄平さんについてお聞きしたいんです」

散々聞かれたであろう質問を口にした。

「彼がプログラムを受けている様子はどんなものでしたか」

それは……と言ってから少し間があった。

「最初はどうして俺がこんなこと、って感じでしたよ」

鈴木は苦笑いした。

「うちのプログラムでは参加者同士がお互いの考えや体験を話し合って、気づきを促すことをやっています。自分のしたことはわからなくても、人の良くないところはよくわかるんですよね。誤った価値観に気づき、それを反省し、変えていく。

地道で大変な作業です」

　祐介はうなずく。鈴木は続けて説明した。

「諦める人、変わらない人も多いですが、成田さんは努力していましたよ。妻にすまないことをしたって、話し合い中に涙ぐむ時もありました」

「そうですか」

「鈴木さんの目から見て、成田雄平は変わったと言えますか」

　問いかけると、まっすぐに祐介を見つめた。

「彩未さんへのＤＶについてはそうですね。自分の誤りに気づき、よく反省している。そう思っていました」

　言葉と裏腹に、厳しいまなざしだった。含みのある言い方は、裏切られたことへの怒りからなのか。

「私たちはＤＶ加害者のために活動しているわけではありません。あくまで被害を受けている女性たちを救いたいと願って支援しているんです」

　口調は穏やかだったが、感情を押し殺しているような気がした。

「ＤＶは繰り返される。被害を食い止めるためには、加害者側の男性を変えていくしかない。日本はＤＶが罪という意識がまだまだ低いですし、罰が与えられるようになったとしても根本的な解決にはならないんです」

ＤＶに限らず、更生したと思っても再犯を繰り返す者は多い。刑事として犯人を捕まえる身としても、鈴木たちの目指す先は果てしない気がした。

話が途切れると、鈴木はにこにこしながらこちらを見た。その瞳の奥には強い覚悟のようなものを感じる。この人はいつも笑顔だが、きっとこれまでに筆舌に尽くしがたい苦労をしてきたのだろう。

「ありがとうございました」

成田がプログラムを受けている様子を録画したものや感想文などを見せてもらい、『ＦＩＮＤ』を後にした。

誰もが裏切られた気持ちなのだろう。よりにもよって妻の命を狙おうとしたなんて。成田が変わったと信じていた者たち……彩未や鈴木、実桜たちが受けたショックは計り知れない。

そう思っていると、着信があった。真佐人だった。

「成田の事件のことだ」

「どうした？」

少し間があって、真佐人は口を開いた。

「事件の日、窓から夫を見たという彩未さんの証言は崩れた」

「どういう意味だ？」

「彼女が見た人物は、成田じゃなかったかもしれない」

「なに?」

祐介は耳を疑った。

「身柄を解放しろと、弁護士が検察まで乗りこんできた」

実桜のことだ。あいつならやりかねないが、どういうことだかさっぱりわからない。

「近所の住人に確認が取れたと主張している。単身赴任から帰って来たばかりの男性が、スーツ姿のまま回覧板を持ってうろついていたそうだ。普段は家にいないために聞き取り対象から漏れていたらしい」

彩未が成田だと思ったのは、その男の可能性が高いという。長年DVを受けていたために、無意識に残る恐怖心から見間違えたのかもしれないと真佐人は言った。

祐介は頭の中を必死に整理する。

「つまり、成田は犯人じゃないってことか」

「わからん。ただ弁護士の主張どおり、彩未さんの目撃証言は信用できない」

真佐人にしては歯切れが悪かった。

「不起訴にするのか」

「いや、それはまだ迷っている」

「何だ、お前らしくないな」

ため息の後、真佐人は口を開いた。

「間違いがあっては取り返しがつかないからだ」

確かにそうだ。成田を自由にして万が一にも妻に再び危害を加えることがあったら……そう考えると、慎重にならざるを得ないだろう。

彩未を殴っていた動画はひどいものだった。

表と裏を使い分ける成田を、どこまで信用できるというのか。葉月の辛そうな顔が浮かぶ。デートDVの相談を受けた時、きちんと成田に対処できていればと後悔していた。被害者を守れるのは、周りの人間だけだ。

「アニキから見て、成田はどうだ」

尋ねられて、葉月から聞いた成田の過去や、『FIND』の鈴木の話を伝えた。

「俺は正直、成田を自由にすべきじゃないと思う」

「そうか」

「だがそれとこれとは別だ。彩未さんの証言が崩れた以上、成田を起訴することはできない。釈放する以外に道はないだろう」

ああ、と真佐人は応えた。こうして会話をしながらも何かを考えているようだ。

電話越しにもそれが伝わってきた。

「俺たちは何かを見落としているのかもしれない」

どういうことだと聞き返す前に、通話は切れていた。

またいつもの投げっぱなしか。やり場のなくなった気持ちを胸に、祐介は空を仰ぎ見た。

4

数日が流れた。

成田は不起訴となり、身柄は釈放された。悔しいが妥当な判断だったとしか言いようがない。更生プログラムへの参加を再開するにあたり、成田は弁護人である実桜と『ＦＩＮＤ』の鈴木の立ち会いの下、彩未と面会することになったと聞いた。今後についての話し合いをするそうだ。

「ちょっと付き合ってよ」

飲みたい気分なの、と葉月に誘われて居酒屋へやってきた。

こんなことは珍しいので、落ち着かない気分でウーロン茶を注文した。どうして酒を飲まないのかと責められたが、腹の調子が悪いとかなんとか言ってノンアルコールで押し通す。葉月は酒豪で有名だが、今日は酒のペースが特に早い気がする。

彼女を介抱する羽目になりそうな予感でいっぱいだ。

「川上くんはなんで刑事になったの？」

酔っぱらった赤い顔で問いかけられて苦笑いした。

「刑事ドラマの影響ですよ」

「うわ、なにそれ。つまんなさ過ぎ」

「そう言われても」

「もっと意表をつく動機はないの？」

絡まれても、ごまかしてやり過ごすしかない。

本当はきちんとした別の答えがある。

父の正しさを証明するため、だ。父は何も悪くない。それを証明したい一心で刑事を目指した。だが真実を知っていくほどに、考えを変えざるを得なくなった。久世橋事件。西島が冤罪だったからには、父の遺志を継いで本当の犯人を見つけたいと思っている。

「それより中原さんはどうなんです。なんで刑事になったんですか」

「えっ、私？」

大きな目をくるりと動かす。

「さあねえ、どうだったかな。刑事ドラマの女優さんがかっこよかったから？」

「人のこと言えないじゃないですか」

「嘘よ、うそ。川上くんたら何むきになってんの」

葉月は笑ったが、笑い過ぎて涙が出てきたのか目頭(めがしら)をぬぐう。笑い上戸(じょうご)かと思いきや、泣き上戸か。面倒だなと思っていたら葉月は頬杖をついてつぶやいた。

「よくわかんなくなっちゃったのよね。何で刑事になりたかったのか」

「何かあったんですか」

尋ねると、葉月はビールのジョッキを一気に飲み干した。

「実はね、わかったことがあるのよ」

葉月の目は厳しくなった。

「成田からデートＤＶされてた女の子がいるって言ったでしょ。私が生活安全課にいた時に相談を受けていたって」

「あ、はい」

「未空(みそら)さんってかわいい子。あの頃はまだ大学生で、今どうしてるかなって彼女のことを調べていたら、自殺していたことがわかったのよ」

「自殺……？」

言葉が続かなかった。

「ＤＶで受けた心の傷が原因だったみたい。でも因果関係は証明できるわけないし、そのことで成田を刑罰(けいばつ)に問うことなんてできないけど」

それが本当なら、ある意味、成田は一人の人間を既に殺しているということだ。

「未空さんのこと、なんで助けてあげられなかったんだろう。後悔しているのに、私は同じことをまた繰り返すのかな。成田を不起訴にしてよかったのかしら。また彩未さんを狙うんじゃないかって思うと、苦しくてたまらないのよ」

黙ったまま、祐介はうなずく。真佐人も不起訴にしていいのか迷っていた。

そういえば今日は成田と彩未が面会する日だ。立会人(たちあいにん)もいるし、まさかとは思うが、そこで何かあったりしないのか。

「中原さん、俺……」

やりきれない気持ちになり、祐介はその場で立ち上がっていた。


夜の住宅街は静まり返っていた。

祐介は彩未の家の近くに車を停めて待ち構えていた。助手席の葉月は酒臭い。

「あんなに飲むんじゃやなかった」

「仕方ないです。急遽(きゅうきょ)、念のためってことなので」

祐介もたまたま、ノンアルコールにしていただけのことだ。何事もなく、考え過ぎだったならそれでいい。

しばらくして実桜が現れ、玄関から入っていった。もちろん祐介たちには気づいていない。

成田はまだのようだな。そう思った時に携帯に着信があった。葉月に聞かれないように、車の外へ出る。

「アニキ、今どこにいる」

真佐人からだ。心なしか焦った声に聞こえる。

「成田彩未さんの家の前だ。心配でちょっと様子を見に来たんだよ」

釈放したばかりなのに、またこりもせずと怒るだろうか。そう思ったが意外にも、それならよかった、と言われた。これから夫婦が面会することは、真佐人も知っていた。

「俺も今、そっちに向かっているところだ。状況はどうなんだ」

「弁護士が家の中に入っていったところだ。まだ成田は来ていない」

そうか、と少し安心した声だった。

「すぐに行く」

通話は切れた。こっちに来るなんて、どうしたのか。だがこうして電話をかけてくる以上、こいつも心配なんだろう。

運転席へ戻ろうとした時、車が停まった。出てきたのは鈴木布美子、『ＦＩＮＤ』

の支援スタッフだ。続いてもう一台停まり、高級車から誰かが降りてくる。外灯に照らされて横顔がはっきりと見えた。成田雄平だ。

玄関先で待っている鈴木に気づいて頭を下げた。

「今日はよろしくお願いします」

いよいよこれから面会が始まるようだ。

微笑みかける成田に向かって、鈴木は諭すような声で訊いた。

「成田さん、あなたは自分の罪をちゃんとわかっているんですか」

一瞬きょとんとした表情だったが、成田は答える。

「はい。もちろんです」

神妙な顔つきで成田は大きくうなずく。

「あなたは彩未さんにしたことについては本当に反省し、償おうと努力している。ただ、あなたの罪はそれだけですか」

返答に困った様子で、成田は目をしばたたかせる。

「あなたは自分の犯した罪がわからないと言うんですか」

「あ……あの、鈴木さん？」

次の瞬間、成田はおかしな恰好で倒れた。

腕をついて上半身を起こしたが、頰から血が滴っていた。

鈴木はその場に立ち尽くしている。

いや、倒れこんだ成田を見下ろしている。

両手にべとりとついた赤いものを確認した瞬間、成田は悲鳴を上げた。

「やめろ！」

叫ぶと、祐介とは別の声が重なった。

成田と鈴木のすぐ近くに、真佐人が来ていた。息を切らせて彼らをじっと見つめている。

鈴木の手には血の付いた包丁が握られている。その切っ先を成田の喉元に向けていた。

真佐人の持つライトに照らされ、彼女の顔がようやく浮かび上がる。

いつものにこやかな笑みはどこかへ消し飛んで、別人のように据わった目で成田をじっととらえている。祐介は努めて冷静に声をかけた。

「やめてください。鈴木さん」

無表情のまま、鈴木はこちらに一瞥をくれる。

「どうして？」

「どうしてって、殺す気ですか」

問われて鈴木は引きつった顔で口を開く。

「こいつのせいで未空は死んだのよ」

　未空。それは葉月から聞かされた女性の名だ。成田からのＤＶで受けた心の傷が元で自殺したという。そうか、鈴木布美子はひょっとして……。

「私の娘、未空は初めて付き合った彼から酷い扱いを受けて、心がズタズタになって壊れてしまった」

　血にまみれた成田は頰に手を当て、大きく目を開けていた。

　祐介は視線を鈴木に移す。

「ブレーキホースを切断したのは、あなただったんですね」

　鈴木はゆっくりうなずいた。

「ええ、間違えて彩未さんを傷つけてしまった。本当に悪いことをしたわ」

　やはりそうか。

　狙われたのは彩未ではなく、夫の成田雄平の方だったのだ。

「こんな間違いはあり得ないわね。でも『ＦＩＮＤ』の書類には、成田の住所はこだって書かれていたのよ」

　成田が言っていたことを思い出す。最初は自分がこの家に住む予定だったと。

「それと車のダッシュボードにあった戦車のプラモデル、ですか」

　真佐人の問いに、鈴木はうなずいた。

「よくわかったわね。そう、あれを私は知っていたの。昔、この男が未空を迎えに来る時、車に同じ物があったから」

　車があれだけ破損したのに、本物の戦車のようにびくともしていなかった。

「私はあの戦車を見た時、成田の車に間違いないって確信した。娘があいつのプラモデルをうっかり床に落としたら、殴られて一晩中暴言を浴びせられたの。連絡もなしに家に帰ってこないからおかしいなと思って、ようやく娘の被害に気づいたのよ。無理やり別れさせたけど手遅れだった。モノ以下に扱われていたトラウマがあの子を蝕んでいって、首を吊って死んでしまった」

　鈴木の表情が険しくなっていく。怒りに飲みこまれていくようだ。

「娘を失った後しばらくして、私はDV被害者の支援に関わるようになった。もう誰にも娘のような思いはさせたくない。彼女たちを救うことが自分のためでもあった。だけど現実として、被害を受けても相手とは別れたくない人ばかりでDVは繰り返される」

　加害者を更生させる以外に道がなかったと、鈴木は唇を嚙みしめる。

「そんな時、こいつがやって来た」

　指差された成田は、目を開いたまま凍り付く。

「こりもせずDVを繰り返しているのかと思うと、吐き気がしたわ。内心変われるはずがないと思いつつ接していると、確かに成田は変わっていった。心の底から反省して、もうＤＶをすることはないかもしれない。そう思った。でもそれは私の甘い考えだったのよ」

　成田の喉元に突き付けた包丁の切っ先が震えていた。

「何が、かすり傷よ」

　叫びにも似た言葉だった。

「プログラムで私は尋ねたの。以前にも他の女性を傷つけたことがあるかと。こいつは、していないと言った。そんなはずない。しつこく聞くと、かすり傷までは知りませんと答えた」

　かすり傷。

　そのひと言が、犯意を決定づけたのか。

「さっきも聞いたわ。でも、娘に対する謝罪の言葉はまったく聞けなかった。こいつは何も変わっちゃいない」

　祐介は一歩近寄る。

「鈴木さん」

「何がかすり傷よ！」

　叫び声とともに鈴木の目がさらに据わってきた。そういえばあの動画でも、成田は彩未に対してそう言っていた。被害を受けた者からすればとうてい許せる言葉ではない。

「だったら、あなたのしたことは何です？」

　真佐人が静かに呼び掛ける。

「人違いだったとはいえ、彩未さんを傷つけた。かすり傷程度で済みましたが、命を落としていたかもしれない。幼い息子さんだって巻きこまれていた可能性もある」

「ええ、それはわかってる。このことで弁解の余地なんてない。罪は償（つぐな）うわ……」

　そう言ったまま、鈴木の視線が少し上がった。向けられていたのは成田の顔だった。

「でもこいつだけは絶対に赦せない」

　鈴木は成田の喉にさらに包丁を近付けた。

　まずい。

　そう思った時、包丁の切っ先は、すんでのところで止まった。

　誰かが後ろから鈴木の腕を摑んだのだ。

「もうやめてください」

　そこにいたのは葉月だった。庭木の後ろに回って、誰にも気づかれないうちに接近していたようだ。

「どうして？　何でこいつをかばうの？」

答えることなく、葉月は泣きそうな顔で首を横に振る。

向けられた瞳に、鈴木はゆっくり目を伏せた。わずかな間だったが、祐介と真佐人はそのすきを逃さず取り押さえた。

だが、すでにその必要はなかった。

鈴木の手から力はほとんど抜けていて、からんころんと音を立てて包丁はアスファルトに落ちた。

静まりかえると玄関の扉がゆっくりと開き、中から彩未と実桜が顔をのぞかせた。二人とも真っ赤な顔で泣いていた。

既に抵抗の意思はなく、鈴木はうなだれている。

「行きましょうか」

葉月は鈴木を車にいざなった。

逃亡の恐れはないだろうが、葉月と真佐人は鈴木をはさんで後部座席に乗りこむ。

外灯の光を受けて、ミラーがかすかに光った。

暗闇の中、葉月の頬を涙が伝っているように思えた。

5

いつの間にか、秋になっていた。

祐介は一日の仕事を終え、約束の店にやってきた。

あれから鈴木布美子は逮捕された。全面的に犯行を認めている。どこか割り切れないものが残るが、殺人未遂で起訴されて実刑が下るだろう。

カウンター席に座り、カクテルを注文する。

「川上さん」

声がかかって振り返る。実桜だった。今日は黒いスーツではなく、ふんわりとしたワンピースだった。

しばらく世間話をする。実桜の飼っている猫が病気になっただとか、話題のスイーツを食べただの、いつものように聞かされた後、ようやく本題に入った。

「釈放された成田雄平さんのことなんやけど、あれから更生プログラムが修了して、初めに提示した条件どおりに面会を許されることになったの」

「……そうか」

「でもね、もういいって。自分にはその資格がない。彩未さんと息子さんには二度と会わないし、離婚するって」

祐介はもう一度、そうかと繰り返す。

会いたい一心で努力して、自分の罪深さにようやく気づけた時、別れるべきだという結論に達するとは皮肉なものだ。

しんみりとしたまま、鈴木や葉月の過去について話した。ふう、と実桜はため息をつく。

「表に見えへんだけで、みんな何かしら傷ついているんやな。私も思ったわ。加害者と被害者だけやなく、もっと中立的にみんなの気持ちと向き合わなあかんなって」

「殊勝(しゅしょう)な態度だな」

「なんや、ウチはもともと謙虚(けんきょ)なんやで。弁護士やってると依頼人に対してどうしても感情移入してしまうよって、時々自分を戒めんとあかん」

「確かにな」

祐介はそう言って、カクテルグラスを合わせた。

中立で公平、か。刑事をしていると人を疑うことばかりだ。西島のことも久世橋事件の犯人だと思いこんでずっと付け回していた。ついつい私情を挟み、偏(かたよ)ってしまう。加害者、被害者、事件を取り巻く人たち……公平な目でそれぞれの思いを汲(く)み取ることが、真実を知るための唯一(ゆいいつ)の方法かもしれない。

「なあ、岩切貞夫って知っているか。久世橋事件の関係者なんだ」

思い切って聞いてみた。

しばらく待ったが、突然、目をのぞきこまれる。

「何でそんなに久世橋事件のことを気にするん？　どう見ても西島さんを助けたからってだけやないやん。死に際に呼び出されたりして、訳ありとしか思えんわ」

「ああ？」

「川上さんも何か傷ついとんの？」

言葉に詰まった。

傷ついているのかと聞かれたら、そのとおりだと答えるしかない。ずっと昔、少年の頃から心の中に傷がある。それは汚名を受けたまま警察を追われ、そのまま死んでいった父のことだ。それはかすり傷などではなく深くえぐられていて、今もジュクジュクと乾くことはない。

「言いたくなかったから言わんでええけど、傷ついとるっていうたら、私もそやねん」

そう言うと、実桜はチーズをつまんだ。

「中学の時、仲良かった友達が自殺したんや」

万引きをしていたことがばれてクラス中にいじめられるようになり、衝動的にマンションから飛び降りてしまったそうだ。

「万引きは悪いこと。そんなん当たり前や。だけど、あの子の家は複雑で寂しかったんやってウチは知ってた。なんで味方になってあげられんかったかな」

正義感の強い実桜のことだから、みんなと一緒に責めたのだろう。

「誰でも間違ったことしてしまうことくらいあるやん。死なななあかんまでのことやなかった。彼女を救えなかった後ろめたさがどこかにあって、苦しんでいる人を助けたい。心に傷を負った人を癒したい。そう思って弁護士になったんや。でもわかっとるんや。ホンマは自分が癒されたいだけやって」

こんな話、初めて聞く。

「いつも偉そうなこと言ってるくせに、ちっぽけやって思った?」

実桜は泣き笑いのような顔をした。

「そんなこと思うわけないだろ。俺だって……」

言いかけて止めたが、不思議だった。心の中でずっと固く閉じていた蓋が、どこか緩んでいく。

「大八木宏邦という刑事を知っているか」

自分でも驚くほど、その名前がすっと出た。

「俺の父親なんだ」

　実桜は驚くような顔をしていたが、きちんと座り直して体をこちらへ向けた。

「それが川上さんの傷？」

「ああ、そうだ」

　祐介もまっすぐに実桜を見た。

「この傷を癒すには西島が犯人だと証明するしかないって、ずっと思ってた。だがそれは間違いだった」

「………」

「父は西島さんのためにも本当の犯人を捜そうとしていた。それを知って、父の遺志を継ぎたい。本当の犯人を絶対に見つけ出したいと思うようになった」

　そっか、と言って、実桜はカクテルを一口飲んだ。

　言ってしまったな。親しくなっても秘密にしたかったのは、心の傷に触れられたくなかったからだ。いや、待て。だったらどうして今、打ち明けたりしたんだ。もしかして……。

　耳が熱い。水を一気飲みして、氷を噛み砕いた。

「少し飲みすぎたみたいだ。じゃあな」

　二人分の飲み代を置いて、席を立つ。

　川上さん、と呼び止められた。

どんな顔をして振り返ればいいだろう。迷っているうちに、実桜の声がした。

「岩切貞夫って人のこと、聞いたやろ？」

思わず振り返ると、実桜は真面目な顔でこちらを見ていた。

「知っとるよ。岩切貞夫さん」

「えっ」

「五十六歳。亀岡でラーメン屋を何店舗か経営してはる。久世橋事件の頃、大山セメント工場で働いとったんやて」

息が止まりそうだった。

「なんでそんなこと知っているんだ」

「そこの店、バイトで出所者をよく受け入れとるから。うちの法律事務所でも依頼人が世話になったことがあるんや」

そこまで言って、実桜は肩をすくめる。

「まあ、たいした情報やあらへんかもしれんけど」

「……いや」

出所者の受け入れ。それは大山セメント工場で行っていたことだ。何かしらの意味があると考えてもおかしくはない。

「ありがとう」

礼を言うと、実桜が微笑んだ。

「ほんなら、またな」

うなずいて店を出る。

会ってみるしかないだろう。その人物に。

そう思いつつ、星の見えない夜空を見上げた。

第四章　不協和音（前編）

1

いらっしゃいという威勢（いせい）のいい声を受けて、祐介（ゆうすけ）は店に入った。

自家製豚骨（とんこつ）スープが売りの、亀岡（かめおか）にあるラーメン屋の一号店だ。二十年以上続くそれなりに知られた店だが、時間が遅いこともあって客はまばらだった。

「何名様ですか」

若い店員が聞いてくる。見るからにヤンキー上がりという風体（ふうてい）だった。祐介は人差し指を立てて、奥の席に着いた。ギョーザと豚骨ラーメンを注文する。

「麺（めん）の固さはどうしますか」

「固めで」

水をコップ一杯飲みほし、置かれた水差しでもう一度注（つ）ぐ。

厨房（ちゅうぼう）に視線を注（そそ）いだ。その先にいたのは、恰幅（かっぷく）がよく目つきの悪い男だった。

睨みつけるような目で若い店員にスープの指示をしている。

左を向くと鉢巻きの下、右耳がつぶれカリフラワーのような形になっているのが見えた。

岩切貞夫。

年齢は五十六歳で独身。上村にも確認したが、彼が言っていたのはこの岩切に違いなかった。前科はないが、少年時代からいわゆる札付きで何度か補導された経験があるという。

表向きは客として来ているので、岩切とはまだ会話を交わしていない。もうすぐ閉店の時刻だ。

最後の一滴までスープをすすると、レジに向かった。

「いつもありがとうございます」

何度か来たせいで、いつの間にか顔を覚えられているようだ。

こうして見た感じ、店で働く青年たちの目には光があるように思えた。かつての大山のように本気で更生者を受け入れ、社会復帰を支援しているのだろうか。いや仮にそうだとしても、つい深読みしてしまう。若いころ、大山を殺した贖罪として、彼の遺志を継ごうとしているのだと。

店を出ると、しばらく外の駐車場から様子を窺う。

この前、こっそり靴箱を確認した。岩切の靴は二十八・五センチだった。これだけでは何ともいえないが、とりあえず第一関門はクリアというところだ。

岩切はこのラーメン屋を二十代で起こしている。親もおらず、高校も中退している若者にそんな金があるとは思えない。これはつまり……。

スマホに着信があった。

「はい、もしもし」

「祐介くんか、角谷だ。連絡をもらったようだが」

久世橋事件当時に捜査本部にいた人間で信頼できる人間は少ない。だが角谷は元警部補であるとともに、父の盟友だった男だ。

「岩切貞夫という人物についてご存じないですか」

少し間があって角谷は答えた。

「いや、心当たりはない。誰だいそれは？」

簡単に説明していく。事件当時に大山の工場で働いていた男だということ、非行少年だった過去があり、突如としてラーメン店を始めていること……。

「裏が見えるんです。岩切が大山さんを殺して奪った金で、この店を開業したっていう。時期的にもぴたりと合いますし」

「……祐介くん」

ため息交じりの声だった。角谷が言いたいことはよくわかっている。もうやめて自由になれ、と言われた。だがこのまま引き下がりたくはない。どうしても久世橋事件の真実を突き止めたいのだ。

「わかった。こっちもまた調べてみるよ」

「お願いします」

岩切は閉店後も厨房に残っている様子だったが、やがて出てきた。祐介はさりげなく後をつけていく。そのまま亀岡の駅まで歩き、ＪＲに乗りこむ。自宅とは違う方向だ。どこへ向かっているのだろう。

思ったより、嵯峨野線は空いていた。

祐介は隣の車両に乗りこみ、岩切の様子を窺った。座席が空いているのにつり革に摑まって、夜景を眺めている。

どこへ向かうつもりだ。

京都駅まで行くのかと思ったが、丹波口駅のアナウンスがあると岩切はつり革から手を離してドアの前に立った。祐介もドアが開くぎりぎりで立ち上がり、岩切を追った。

しばらく歩くと、細い路地に入っていった。

祐介は少し距離を取って後をつける。

よく似た感じの新しい家が軒を連ねるただの住宅街。こんなところに何の用事があるというのだろう。

やがて岩切は立ち止まった。

祐介は自販機の陰に身を隠して様子を窺う。

暗くてわかりにくいが、煙草を吸っているわけでも、電話をかけているわけでもない。岩切はブロック塀に向かってただ突っ立っているだけのようだ。目を凝らして彼の周りを見つめる。これといって特に何もない住宅街だ。しばらく見守っていたが引き返してくる様子はなく、時間が過ぎていく。

祐介が身を隠している自販機は、車か自転車がぶつかったのか端の方が少しへこんでいる。そのへこみを意味もなくさすりながら目を凝らし続ける。

いったい何をしている？　確かめたい。

祐介が一歩前に出た瞬間、岩切の巨体が振り返った。

切れ長の鋭い視線がこちらを向く。

しまった。祐介はとっさに財布から小銭を取り出した。飲みたくもないコーヒーを買ってプルタブを引く。その横を岩切は通り過ぎていった。

どうやら怪しまれずにすんだようだ。

岩切が突っ立っていた場所まで行ってみるが、民家の塀があるだけで特に目立つものは何もない。一方通行の行き止まりだ。

どうしてこんなところに？

わけがわからないが、仕方なく踵を返す。岩切にはすぐに追いついた。再び距離を取りながらつけていくと、丹波口の駅に戻っていった。

いつもと違う行先だったので期待して尾行したが、わけがわからない行動があっただけで、何もわからない。時間だけがむなしく過ぎていく。


翌朝、祐介は何事もなく仕事に戻っていた。

実桜に岩切貞夫のことを教えてもらってから、一か月以上が過ぎた。

休みの日は岩切について調べているが、正式な捜査ではないのでまるでストーカーだ。以前、西島にしていたことを、今度は岩切にしているというだけのことかもしれない。

電話があった。表示は〝検事〟真佐人からだ。

こっちからかけたので、遅いがその折り返しだろう。

「何の用事だ？」

「真佐人、会って話せないか」

久世橋事件のことだと伝える。忙しいのはお互いさまだが、二人にとっての最重要事項だと思っている。仕事が終わってから外で会うことになった。

人気のない公園で待っていると、真佐人がやってきた。

「前に教えてくれた岩切貞夫という男のことだ。誰なのか特定できた」

これまで調べたことについて洗いざらい話していく。

真佐人は岩切を尾行した時のことに興味を示した。

「その行き止まりには何があった？」

「調べたが、何もない」

「本当にそうか」

ああとうなずく。あったのはただの民家だ。

しばらく考えこんでいたが、真佐人は言った。

「なるほど。その岩切という人物、確かに怪しいようだな」

「そうだろ？」

「だがそれだけだ」

「ああ？」

祐介は唇を嚙みしめ、真佐人を睨みつけた。

「岩切を疑う理由として、間接的なことばかりで決定的なものがない」

真佐人は涼しげな顔で訊ねる。

「アニキはその岩切をどうしたいんだ」

「……それは」

正直なところ、これから先どうしたらいいかわからず、相談したくて呼び出した。これは捜査ではなく勝手に調べていることであるし、久世橋事件は時効が成立している。

祐介は目を閉じてしばらく考えた。

ゆっくり顔を上げる。

「あいつが本当に犯人だったとしたら、きちんと罪を認めさせたい」

祐介は素直に思いを口にした。

「時効は成立している。自分のしたことにふさわしい罰を受けろ……なんて無茶は言わない。俺が欲しいのは、私がやりましたという言葉だ」

たったひと言でいい。謝ってほしい。被害者である大山はもちろん、無実の罪に問われた西島、そして父にも。それが今自分にある答えだ。

「真佐人、お前はどう考えている」

遠くを見つめながら、真佐人は口を閉ざしていた。こいつだって久世橋事件の犯人をはっきりさせたいはずだ。

「このままで悔しくないのか」

「悔しいに決まっている」

強い言葉に、祐介は口を閉ざした。

「まだ諦めてはいないさ。だがアニキがそいつのことを疑ったところで、今は何もできない」

二十一年ぶりにこいつと再会してから、ずっとこいつを見てきた。追いついたと思ってもすぐに引き離される。こいつの方が捜査官としての能力はずっと上だ。よくわかっている。だが今は冷静な意見よりも、一緒に熱くなって欲しかった。

「どんつき……か」

父もよく使っていたこの辺りの方言だ。行き止まりの意味がある。岩切が入り込んだところもどんつきだが、岩切を追うこと自体がどんつきに迷いこんでいる。

時間はただ、むなしく溶(と)けていくだけだった。

2

いつものように事件の対応に追われる日々が続き、もう十一月になった。

岩切を付け回し始めてから二か月以上が経(た)ってしまった。

「俺がやったよ」

被疑者の男はあっさりと犯行を認めた。

窓の外は、いつの間にか雨が降っている。

傷害事件の取調べを終えると、葉月が話しかけてきた。

「どうだった？　川上くん」

「全面的に認めてますよ。問題はありません」

そう、と葉月はうなずいた。

刑事部屋に戻って報告書をまとめていると、有村がやってきた。

「川上、西院に向かってくれ」

「どうしたんですか」

「殺しや」

この雨の中、女性の遺体が見つかったらしい。

わかりましたと答えた。

さっそく葉月とともに西院の現場へ向かうことになった。また帳場が立つことになるのだろう。

移動中、助手席で葉月が問いを発した。

「ねえ、川上くん」

「こんな時に何だけど、唐沢検事って今年度いっぱいで異動するのかしら」

祐介は首を傾げた。

「さあ、どうでしょう」

「川上くんも、喧嘩相手がいなくなったらつまんないでしょう」

「かもしれませんね」

久世橋事件のことを調べるなら今しかない。真佐人はそう言っていた。検事の任期は二年から三年だ。あいつが京都地検へやって来たのは去年の春。真佐人がここにいられる期間はもう短いのかもしれない。

やがて車は現場に着いた。

雨の中、路上に人だかりができていた。

立ち入り禁止のテープが張られ、警官が野次馬を追い払っている。鑑識もいて、あちこちで聞きこみが始まっていた。現場は〝足立〟という表札がある立派な邸宅だ。

ここって……。

手袋と足カバーをつけながら辺りを見渡していると、声がかかった。

「おい、川上」

武内が手招きしていた。現場となった居間へと案内される。

「酷いもんだろ」

年齢は五十代半ばだろうか、女性が一人あおむけに倒れていた。腹部に刃物が突き刺さっている。

「犯人は勝手口から侵入したようだな」

鍵がこじ開けられた形跡が残っていた。

何か特徴的なものはないかと辺りを見渡す。物が散らかり、かなり荒らされている。ピアノのそばに落ちていたアコースティックギターに目が留まる。

「被害者は音楽が好きな人だったんですかね」

声は背後から聞こえた。振り返るとそこには真佐人がいた。

「検事、来てくれたんですか」

葉月が声をかける。真佐人は手袋をきっちりはめた。

「武内さん、状況を教えてください」

「はい。被害者はこの家に住む、足立葉子さん。五十八歳。娘さんと二人暮らしだそうです」

「娘さんはどこに？」

「ショックが大きくて今は女性警察官が付き添っています。事件の第一発見者で通報したのも彼女ですが、話が聞ける状態ではないそうで」

「わかりました」

真佐人は顎に手を当て、遺体を眺める。

「小さな切り傷が体のあちこちにありますし、着衣も乱れている。抵抗してかなり争ったようですね」

しゃがみこむと、真佐人は血のりをじっと見つめた。代行検視ではなく生真面目に殺人現場へ来て自分の目で確かめていく。ご立派なものだ。

「検事、寝室に置かれている金庫が空です」

武内が指さす。鍵が強引にこじ開けられた跡がある。この家の勝手口もそうだったので、プロの仕業だろう。

しばらく検視が続き、二人きりになったタイミングで話しかけた。

祐介が問いかけると、真佐人はああと答えた。

「手口を見たか」

「カム送りだ」

久世橋事件と同じ手口。だが、それだけのことだ。

今は岩切に目星をつけているのだし、そんなことにいちいち反応する意味などない。だが真佐人にだけ通じる暗号のようなものでもあり、口にしておきたかった。

表情は変わらなかったが、胸には同じものを抱いていただろうか。

やがて人が来て、真佐人は去っていった。

静寂の中、雨音が聞こえる。

　どこかで聞いたメロディのようだ。そんなことを思いながら外に出ると、雫が雨どいをつたって庇を叩いていた。

　ここへ到着した時もそうだったが、なぜだか既視感を覚えていた。

　似たような家が建ち並ぶ、どこにでもある住宅地。それなのに何となく見覚えがあるような。

「ここは……」

　へこんだ自販機が目に入り、一気に記憶がよみがえった。あの時は夜だったので、明るい日差しの下では印象が違う。道路を回りこんでみると、それはあった。

　どんつき。

　岩切の後をつけた時、あいつがしばらく立ち止まっていたところだ。ブロック塀の隙間から庭や屋内の様子が窺える。足立家の裏手になっていた。特に何もないと思ったが、あの時岩切はここから中の様子を眺めていたのだとしたら……。

　カム送り、という共通点がそれを裏付ける。

　もしかしたらこの事件の犯人は……。

　久しぶりの大雨は、桂川の水量を増した。

　太秦署の大部屋には多くの刑事たちが集まっている。西院で起きた強盗殺人事件は捜査本部設置事件となり、捜査一課から刑事たちが大挙してやってきた。

「まあ、犯人はすぐに見つかるさ」

楽観的にささやいたのは、小寺だった。

「どうしてです？」

「お前とのコンビだからさ」

小寺はパイプ椅子を引き、祐介の隣の席に腰かけた。

「お前さんには運がある」

「運しかないかもしれませんよ」

「それでいいじゃねえか」

軽口をたたいていると、署長に睨まれた。

お偉方の席には捜査一課課長、谷田部稔の姿がある。太秦署の署長、安田富夫が横に座り、担当検事として真佐人も端に座っていた。今や真佐人の存在は大きなものとなっている。その意見は今回、重きをなしてくるだろう。

「それでは始める」

谷田部が口を開いた。

被害者、足立葉子は七年前に夫を病気で亡くし、三十歳の娘と二人暮らし。職業は不動産経営。中身を奪われた金庫には一千万円以上は入っていたという。

「死亡推定時刻は昨晩の午後九時から十時と思われます」

報告を聞きながら、祐介の心はざわついていた。犯人について、ここにいる誰もがまだ見当もつかない状態だろう。

……だが俺は違う。

岩切をずっと尾行していた。あの行き止まり、足立宅の裏手に、あいつは用があった。しばらく立ち尽くしていたのは、犯行前の様子見だったのではないか。思い過ごしだと言われても、そう考えてしまう。

「鑑識課から追加で報告があります」

心なしか、資料鑑識官は興奮気味に映った。

「被害者の爪から犯人のものと思われる血液が見つかっております。DNA型鑑定の結果、データベースに一致するものが見つかりました」

まさか、こんなに早く有力な手がかりが見つかるとは……。

「一致したのは遺留DNA型です」

遺留DNAとは、犯人が犯罪現場に残したと認められるDNA型のことだ。ただどうしたのか、そこで資料鑑識官は言いよどんで汗をぬぐった。

「どうした？」

谷田部が横から声をかける。資料鑑識官は首をひねった。

「一致した遺留DNA型は古いものでして」

「おい、思わせぶりにひっぱるな。さっさと言え」

安田がダボハゼのようにくらいつく。

「それがですね、一致したのは三十一年前の久世橋事件の遺留DNA型なんです」

その場にどよめきが起きた。

頭を激しく殴(なぐ)られたような衝撃(しょうげき)があって、目の前が真っ白くなる。

「さらに今回見つかったゲソ痕のサイズも二十八・五センチ。それも久世橋事件の犯人と同じです」

これは夢か。本当に現実なのか。

しばらくざわめきだけが聞こえていたが、ようやくホワイトアウトしていた視界が元に戻った。

「久世橋事件といえば、被疑者が再審で無罪になった……」

資料鑑識官はそうです、とうなずいた。

「じゃあその事件の本当の犯人が、今回の事件に絡(から)んでいるということか」

横から安田が訊ねた。

「普通に考えれば、そうなります」

「そういや、久世橋事件の手口もカム送りだったよな」

「時効が来た事件ですがね」

久世橋事件を詳しく知らない若い捜査員たちにも、興奮が伝播していく。

「信じられん」

谷田部も驚きを隠しきれない様子だ。

だがここにいる人間の誰よりも、俺たちの驚きには及ぶまい。なあ、真佐人……。

お偉方に並んでいつもと変わらない表情の優男が座っていたが、自分にはわかる。あいつと俺の心は同じように激しく昂っているはずだ。

「唐沢検事の意見は？」

谷田部に問いかけられて、真佐人は眼鏡を押し上げた。

「犯人が誰であろうと何も変わりません。絶対に見つけ出す。ただそれだけです」

真佐人の冷静なひとことに、捜査本部の雰囲気は一瞬で引き締まった。

「そうだな。はは、あんたらしい」

谷田部はにやりとした。

小寺もうなずく。その後、捜査の割り当てが確認されていった。

「では解散」

行くかと小寺に肩を叩かれ、祐介は立ち上がる。

岩切貞夫。

あいつに間違いない。足立葉子を殺したのも、きっとあいつの犯行だ。岩切を捕らえれば久世橋事件に決着がつく。武者震いを覚え、叫びだしたい気持ちだった。だが焦るな。決めつけずに冷静になれ。万が一の可能性にも心を配るんだ。

「久世橋事件って、確か大八木宏邦がやらかした冤罪のだろ？」

「ああ、よく知らんが、当時の捜査一課はやばかったらしいな」

刑事たちが話している。耳をふさぎたい気持ちになって廊下に出ると、誰かがこちらを見ていた。

真佐人……。

視線が交錯する。

会話などいらなかった。

犯人を絶対に見つけ出す。それが岩切だろうが別の誰であろうが、捕まえて報いを受けさせる。そうだな、それ以外、俺たちの望みはない。待ちに待ったこの時が訪れたのだ。俺たちの全てを燃やし尽くす、この時が。

前を行く小寺が立ち止まり、どうしたのかと振り向いた。

「行きましょう、テラさん」

祐介は小寺を追い抜くと、勢いよく歩き始めた。

3

雨が降り続いている。

太秦署は全力で事件解決を目指し、捜査一課はもちろん、ほかの署からも警察官が動員されている。だがいまだ犯人に通じるものは見つからない。祐介は小寺とともに関係者への聞きこみ捜査を徹夜で行っていた。

「わかった。これから向かう」

小寺は携帯をしまう。

「どうしました?」

「マルガイの娘さんが、ようやく話ができる状態になったらしい」

第一発見者で通報者。本来なら真っ先に話を聞きたいところだが、母親を殺されたショックで口がきけない状態だったのだ。

祐介は車を近くにある一軒のマンションへ向けた。娘の奈々は事件後、母親が所有していたマンションの一室に避難しているという。

やがて車はマンションに着いた。

過度に暖房が効いたリビングには、女性警察官に付き添われて若い女性が毛布にくるまっていた。長い髪の間から、顔がのぞく。

「足立奈々さんですね」

祐介が問いかけると、はいと小さな声が聞こえた。

奈々は服飾メーカーに勤務しているが、事件後はずっと寝込んでいたらしい。三十歳ということなので祐介より少し若い。

「事件の日のことを教えてくれますか」

「……はい」

奈々は唇を震わせながら語っていく。

「前の晩は職場から友達の家に遊びに行ってたんです。そのまま泊まって、朝になって自宅に帰ると、あんなことに」

「では最後にお母さんに会われたのは？」

「前の日の朝です。会社へ行く前に、いってきます、って」

声が詰まった。思い出すのも辛いだろう。

「お母さんについてですが、最近、誰かとトラブルがあった様子は？」

「私の知る限り、なかったと思います」

奈々は涙を堪えていた。

「母は人づきあいが苦手でしたけど、人から恨まれるようなことなんてしていません。本当にどうしてこんなことになるのか。どうか犯人を捕まえてください」

もうしばらく話をして、奈々のマンションを後にした。

「何とかせんとな」

小寺の言葉に、ええと答える。

自分には犯人の目星がついているのだ。だがその根拠を説明するには、違法に尾行していたことや自分の素性まで明かさないといけなくなる。

悶々としながら車に戻ると、スーパーで買ってきた低糖質パンを小寺に渡した。

「よく売ってたな。そうそう、このクロワッサンのやつだよ」

散々探したことは黙っておいた。

「女房のやつに血糖値でうるさく言われるんだよ。だから最近はこれにしてんだが、意外とこっちのがうまくてな」

祐介はクリームたっぷりの菓子パンに遠慮なくかぶりつく。寝不足で疲れている時は、甘いものに苦いコーヒーが染み渡る。

「それにしても、いまだに信じられんよ」

つぶやくように小寺が言った。

「普通に考えるなら久世橋事件と同一犯ってことだろ。ただの殺人事件じゃない。こんなのは初めてだ」

久世橋事件との関連性についてはまだ不確かなため、警察内だけの極秘事項になっている。祐介はエンジンをかけると問いかけた。

「テラさんは久世橋事件のことをよく知っているんですか」

小寺に聞いてみたい気持ちはずっとあったが、こんな自然な形で問える日が来るとは思ってもみなかった。

「いや、そのころは俺もまだ刑事試験に受かってないからな。あまり詳しくない」

小寺は電子煙草をくわえた。

「そうですか」

「だが気にはなっていた。ちょっと前に話しただろ、大八木さんって刑事のこと。駆け出しのころに色々教わったって」

祐介は、ええとうなずく。

「久世橋事件の捜査では、大八木さんが冤罪を生み出したってことになっている。だが当時の捜査本部はあまり褒められたもんじゃなかったと聞く。俺は思うが、きっと大八木さんに責任を全部擦り付けたのさ」

小寺は苦笑いした。

やはりこの人はちゃんとわかってくれている。祐介も頬を緩めてみせた。

「もしこの事件で久世橋事件の犯人を逮捕できたなら、その大八木さんって刑事の無念も少しは晴れますかね」

「はあ？　殺された被害者でも冤罪の被害者でもなく、大八木さんの無念ってか。おかしなこと言うなあ。どうしてそんなふうに思うんだ」

「……いえ、何となく」

ごまかしながら、余計なことを言ってしまったと後悔した。俺が言いたいのはそういうことじゃない。

俺は犯人かもしれない男を知っています。

こんな意味のない捜査で時間をつぶさずに、今すぐにでも岩切を問い詰めたくてたまらない。

ここまでくれば、疑うなと言っても無理なことだ。こうしているうちにも岩切を取り逃がしてしまうことだって考えられる。

焦りばかりがつのっていった。


捜査本部に戻って一休みした。

勝手に動くことはできない。だが急がなくてはいけない。

やがて会議が始まった。

地どり捜査の各班が聞きこみによって得た情報について報告していく。

犬の散歩をしていた近所の住民が、足立宅の勝手口付近にいた人物を目撃していた。

「鍵がこじ開けられていたので、侵入経路は勝手口からと思われます。目撃されたのは犯人の可能性が高いです。ただ少し微妙なんです」

「微妙？」

谷田部が繰り返す。

「その男を見たのは十一時ぐらいと言っているんです。ですが、マルガイの死亡推定時刻は午後九時から十時です」

「おいおい大丈夫か」

報告を遮るように、安田が不安を呈した。

だが時刻のずれは大きな問題ではなかろう。犯人は室内をかなり物色していたし、現場に長くいたはずだ。目撃された時刻もあやふやな印象を受ける。それより大事なのは目撃された人物の特徴だ。

「目撃者の話によりますと、その男は帽子をかぶっており、身長は百八十センチを超えていた。年齢は五十代くらいということです」

岩切の特徴と一致している。祐介はこぶしをぐっと握った。

真佐人は相も変わらずすかした顔だ。

「特徴についてですが、目撃者は耳の形が変わっていたと言っています」

「どういうことだ？」

谷田部が質問する。刑事が答えた。

「俗にいうカリフラワー耳。つぶれた感じの耳だったと」

そうだ。岩切もそういう耳だった。

もう間違いない。いつの間にかそういう感情が心を支配していく。

目撃された時間はさておき、男の特徴については細かいところまで情報が得られたので、これをもとに捜査が進められることになった。

「では終わりにする」

小寺が野暮用だと言ってトイレに向かった時、背後から声がかかった。

「アニキ、どう思う？」

真佐人だった。

祐介はあたりを見渡し、誰もいないことを確認してから言った。

「やっぱり犯人は岩切だ」

真佐人はふっと笑った。

「何がおかしい。体格、足のサイズ、年齢、顔の特徴まで全て一致している。おまけに久世橋事件の遺留ＤＮＡまで絡んでるんだぞ」

「だからって周りにどう説明する気だ？　勝手に捕えることなんてできないだろう」

「じゃあ真佐人、お前はどう思っている？　岩切じゃないというのか」

「岩切かもしれん。だがまだわからん」

「いや、岩切だ」

尾行した時、岩切がしばらく立ち止まっていた行き止まりが事件現場の裏手だったことを告げた。さすがに真佐人も驚いたようだった。

「こうして手をこまねいている間に岩切を取り逃がすかもしれない。そうなってもいいのか」

「…………」

何も言い返すことなく、真佐人は背を向けた。

小寺が戻ってきたので、祐介は後に続く。

「どうした？」

「いえ、いつもの小競(こぜ)り合いです。行きましょう」

だがどうすればいい。勝手なことはできないというのは、真佐人に言われなくてもわかっている。

祐介は心の中で叫んだ。岩切貞夫。あいつは今何をしている。一昨晩の午後九時頃、どこで何をしていた。今すぐにでも飛んで行って問い詰めたい。本当は真佐人だってそうなんだろう。

　車に乗りこむと、ハンドルを握る。

　エンジンをかけたまま、発車できずにいた。

「ん、どうした？」

　小寺がこちらを見た。

「テラさん」

　祐介は覚悟を決めた。

「犯人に心あたりがあるんです」

「なに？」

「岩切貞夫。亀岡市でラーメン屋を経営している男です。俺はそいつのところへ行くべきだって思います」

　小寺はパンをかじりつつ、怪訝そうなまなざしを送ってきた。

「川上、何でその男が犯人だと思う？」

「それは……」

　真佐人の顔が浮かぶ。わかっているさ。だがここで勝負に出ないでどうするんだ。

　祐介はひるまず、小寺をじっと見返した。

「俺の父は大八木宏邦だからです」

岩切にたどり着いた経緯（いきさつ）について洗いざらい話した。上村が岩切の名前を出したこと、岩切を尾行して摑んだ情報まで全てだ。

「そういうわけで、久世橋事件も足立葉子さん殺害事件も、岩切が犯人としか思えないんです」

言い終わっても、小寺は口を閉ざしたままだった。

こんな違法な捜査をしていたことは責められても仕方ない。だがこれ以上、黙っているわけにはいかなかった。小寺が話しかけてきた。

「もっと早く言え」

祐介は目をしばたたかせる。その驚きを見て、小寺は口元を緩める。

「大八木さんの息子だって？　知ってたよ、それくらい」

開けた口がしばらく閉じなかった。

小寺のまなざしは、いつになく温かった。

「岩切のところに向かう」

「えっ」

「今は犯人確保が最優先（さいゆうせん）だ。お前の親父さんがどうこう言うのは別の話だ。今はこうするのが犯人逮捕にとってベストだと俺が考えるからだ」

「テラさん」

「話している暇があったら、行くぞ」

小寺の優しさと、嬉しさで胸が熱くなった。

絶対に逃がすものか。祐介はアクセルペダルを踏んだ。

4

やがて亀岡市内に入った。

岩切のラーメン屋までやってきたが、シャッターが閉まっている。顔なじみのバイト店員が外にいたので、聞いてみた。

「どうしたんです？　営業日でしょう」

「ああ、この店、つぶれるらしいんですよ」

思わぬ返答だった。

「どうしてです？　客は入っていたでしょう」

「知りませんよ」

祐介は小寺と顔を見合わす。事情ははっきりわからないが、事件との関係性を思わずにはいられない。やはり岩切は怪しい。絶対に探し出してやる。

祐介は携帯を取り出し、真佐人に連絡を入れた。

「どうした？」

「今、テラさんと一緒だ」

祐介は父のことを小寺に話したと告げた。

「何だと」

「いや、正確には初めから気づかれていたんだが」

真佐人は無言のままだった。

「そういうわけで、テラさんと二人で岩切のところに向かっている。ああ、そうだ。お前も来いよ」

「………」

呆れているのか。構いやしない。

「俺は岩切を追う。絶対に逃がさない」

宣言してやった。真佐人は何か言いかけたようだが、こちらから通話を切った。いつもは切られる側なので少しだけ気持ちがいい。ついでにこちらの位置情報を送信する。来いよ、とメッセージも付けておいた。

車に乗りこみ、次は岩切の自宅に向かうことにした。

「この先のアパートです」

午後四時ごろ。祐介は角を曲がって、アパートの脇に車を停めようとした。

　だが前にあった赤いスポーツカーが出ていくのが目に入る。

　横を通り過ぎると、つぶれた耳が見えた。

「岩切だ！」

　祐介は思わず叫んだ。

「何やってる。追うぞ」

「あ、はい」

　慌ててハンドルを切り返す。見失わないよう急発進した。

　どこへ向かうつもりだ。

　岩切の車は急ぐ感じではない。むしろノロノロ運転で、他の車にどんどん追い抜かれていく。

　どうやら京都市内に向かっているようだ。そう思った時、岩切の車は赤信号をぎりぎりですり抜けていった。一方、こちらは赤信号で停められた。

「おい、妙だぞ」

　小寺が慌てた声で言った。

「どうしました？」

「徐々にスピードが上がっていた。赤信号のタイミングを見計（みはか）らって、わざとぎりぎりに合わせて俺たちを振り切ったのかもしれん」

「じゃあ、まさか」

「気づかれたかもな」

信号が青に変わり、祐介は再発進する。あれだけ遅かったのだからすぐに追いつけると思ったが、スピードを上げても岩切の車は見つけられなかった。見失ってしまったのか。

そう思った時、交差点の手前に事故車があった。田んぼに突っこんでいたのでスピードを緩めて止まり、声をかける。

「警察です。どうしました？」

金髪のカップルだった。

「そっちから来た車が信号無視してきたの。それをよけようとしただけよ」

「マジっす。赤いスポーツカーが」

岩切の車だ。

小寺と目を合わせてうなずくと、祐介は車を出す。

やがて岩切の車を視界にとらえた。

こんなことを考えるのは不謹慎(ふきんしん)だが、岩切よ、お前に感謝する。道路交通法違反だ。今は捕まえる根拠がある。

細い道に入っても、岩切は速度を緩めなかった。

「大丈夫だ」

小寺がつぶやく。ナビによるとこの先は大きな川が横たわっていてT字路になっている。

「右に行けば工事で行き止まりになっている」

「左に行けば？」

「どんつきだ。そもそも道がない」

引き返してくるしかないな。天は味方をしているようだ。この手で捕まえて、三十一年の因縁に終止符を打ってやる。祐介はアクセルペダルから足を離し、ゆっくりと速度を緩めていく。

岩切は袋の鼠だ。

「あれ」

「どうした？　川上」

「あのスピードじゃ、そもそも曲がれないんじゃ」

ブレーキランプは点灯しない。むしろ岩切の車は加速していく。

「まさか」

その瞬間、岩切の車はガードレールを突き破った。

大きな音とともに、水しぶきが上がった。

「嘘だろ」

T字路に車を停めて見下ろすと、岩切の車が川に沈んでいくのが見えた。

「自殺……？」

カーブを曲がり切れなかったというのではない。逃げられないと思って死を選んだのか。

こんな結末、あるかよ。

「おい、川上！」

小寺の声を背に駆け出す。祐介は上に着ていた服を脱ぎ捨て川へ飛びこんだ。

ほとんど何も考えていなかった。

人命救助だなんて殊勝な思いは欠片もない。あったのは、このままでは逃げ切られてしまうという切迫感だけだ。絶対に逃がしてなるものか。

大きく息を吸いこみ、川の中へと深く潜った。

泳ぎには自信があるつもりだ。沈んでいる車の中をのぞきこむ。落ちた衝撃で意識を失ったのか、運転席の岩切は動かない。川底にあった石で窓ガラスを叩き割ろうとするが、びくともしない。何度も何度も力の限り叩くが慣れない水中ではうまくいかない。次第に車の中に水が入っていく。

息が苦しくなってきた。くそ、岩切。絶対に死ぬなよ。一度息継ぎをしてから、すぐに水中に戻る。その時、声が聞こえた気がした。

何やってるんだ。

追いかけるようにして誰かが潜ってきた。

真佐人だった。

大きな石を手にガラス窓を何度も叩き、ようやく割れた。シートベルトを外し、
二人がかりで岩切の巨体を強引にひきずり出す。

死なせてたまるか。

真佐人と二人、岩切を抱えて浮上する。

俺は今、久世橋事件の犯人を捕らえたんだ。

ずっと追い続けてきた、本当の犯人を。息の苦しさよりも、その喜びが全身を覆いつくしていた。

水面はすぐだ。

そう思った時、全身から力が抜けていった。

第五章　不協和音（後編）

1

夢うつつの中、祐介は遠い夏のことを思い出していた。

海パン姿の真佐人がいる。バカ貝で切った足をなめると、平気だよと駆け出していく。二人で海の中に顔を沈める。どちらが長く潜っていられるかの競争をした。先に顔を上げた方が負け、というルールだ。

「よし、俺の勝ち」

最初の競争で勝ったのは祐介だった。二回目も三回目も同じ結果だ。子どもの世界で一年の差は大きく、祐介は優越感にひたっていた。

それでも意地になって勝負を挑んでくる真佐人が少し気の毒になり、祐介は四回目にわざと負けてやった。

「やった。僕の勝ちだ」

真佐人はガッツポーズしてはしゃいだ。これでいいんだ。そう思いつつも、わざと負けてやったのに得意げになっている真佐人が次第に腹立たしく思えてきた。

「もう一回やるぞ」

祐介が人差し指を立てた時、大波が真佐人をさらった。

「真佐人！」

水の深くに小さな影が見える。祐介はためらわずに潜った。水中に真佐人の姿をとらえて、腕を伸ばす。

だが真佐人に抱き付かれた時、体が一気に重くなった。開けた口に海水が入ってくる。鼻がツーンとするようなどころではなく、息が全くできない。

もしかして、死ぬの？

必死でもがくが、視界はどんどん暗くなっていく。

いやだよ。死にたくないよ。

そう思った時、誰かの太い腕に摑まれた。

それは父だった。

俺と真佐人は無事に救出された。こっぴどく怒られて泣いたが、どこか嬉しかった。刑事って仕事もよく知らない。いつも忙しそうであんまり遊んでもらえなかったのに、一気に自分の中で父の存在が大きくなった。

そうか、あれからだったな。父のことを尊敬するようになったのは……。

久しぶりに深い眠りだった。

おかげで疲れが吹き飛んでいる。

ここは寮の自分の部屋だ。窓の外はすでに日が高い。思いのほか長いこと眠ったようだ。

俺はあの時のように溺れたのだ。

意識が戻ったのは救急車の中だ。濡れ鼠のような姿で、真佐人も隣に同乗してくれていた。その後病院で検査を受けたが、異常なしということですぐに帰された。

あのまま岩切を引き上げられたら恰好良かっただろうに、どうしていつも、もう少しというところで情けないことになるんだろう。

今日はゆっくり休めと言われていたが、じっとなどしていられない。小寺からメールが届いている。岩切は警察に連れていかれて、ＤＮＡ型を鑑定中だと書かれていた。一刻も早く捜査本部に戻らなければいけない。

すぐに太秦署に向かった。

捜査本部に顔を出すと、声がかかった。

「おつかれさま」

葉月の顔には笑みがあった。

「よう寝てたな」

有村も微笑んでいる。武内もにやにやしながらお疲れと祐介の肩をもんだ。太秦署の面々や捜査一課の刑事たちも、まるでヒーローを迎えるような歓迎ぶりだ。

彼らを代表するように、有村が口を開く。

「鑑定結果が出たよ」

そのひと言に、一気に背筋が伸びた。

「どう……だったんですか」

「犯人のものと思われる血液のＤＮＡが、岩切のものと一致した」

それはつまり、久世橋事件の遺留ＤＮＡとも一致していることを意味する。

「奴は吐いたよ」

小寺が言った。

「足立葉子さん殺害を自白したんですか」

「今回の事件についてもそうだが、それだけじゃない」

「じゃあ、まさか……」

「久世橋事件のことも認めている。そっちも岩切が犯人だ」

小寺は力強くうなずいた。

「全部、川上のおかげだ」

小寺は捜査員全員に聞こえるように、声を張り上げた。

「こいつが主張したんだ。犯人は岩切だって。あのタイミングを逃していたら、岩切の自殺を止められなかった。真相を究明することができなくなっていただろう」

気恥ずかしさで顔が赤くなる。

「三十一年前の久世橋事件だってそうだ。あの時犯した警察の失敗を川上が尻ぬぐいしたんだ。こいつは……」

小寺は途中で言葉を止め、こちらを見つめた。

そのいたわるようなまなざしに、祐介は悟った。そうか。小寺はみんなの前で父のことを話していいかと聞いているんだ。

一瞬、全てを小寺に委ねてしまいたい衝動にかられた。だがすんでのところで踏みとどまる。いや、そんなことまで父は望んでいない。

「テラさん」

ゆっくり首を横に振ると、小寺はこちらの思いを察したようだ。わかったよ、とばかりに頬を緩める。

「こいつは大したもんだ。なあ、有村係長、たまには褒めてやれよ」

有村は苦笑いしつつ、うなずいていた。

「川上の手柄だ」

小寺が拍手すると、捜査員全員からも拍手が起きた。安田や谷田部もいつの間にかいて、祐介に拍手している。

夢じゃないよな。

大丈夫、記憶はしっかりしているし、走馬灯を見ているわけでもない。そう思った時、心の奥に閉じ込めていた何かがせり上がってきた。

やったんだ。俺はやり遂げた。

父の顔が浮かび、涙があふれそうになった。

刑事になったことは、間違いではなかった。これで全てにけりがついたのだ。西島への罪滅ぼしに少しはなっただろうか。父は天国で喜んでくれているだろうか。

ひと段落ついてコーヒーを飲んでいると、小寺が話しかけてきた。

「一つ聞いておきたいことがある」

「何です?」

「唐沢検事が川へ飛びこむ時、お前をアニキと呼んだんだよ。あれはどういうことかと思ってな」

「えっ」

苦笑いした。いつも冷静な真佐人が……。

この小寺にはもう今さら隠し立てすることは何もない。真佐人は弟なのだと話した。

「おいおい、ホンマかよ。今のが一番驚いたぞ」

あいつは今どんな気持ちでいるだろう。

最後は一緒に川へ飛びこんで犯人を捕まえるなんて。こんな劇的なシーンになるとは思いもしなかったが、大きな肩の荷が下りてほっとしているのではないか。

違うか、なあ真佐人、お前も同じだろう。


岩切の逮捕から、数日が流れた。

ニュースでも大きく報道されている。容疑者が久世橋事件にも関与しているという発表は、世間をあっと驚かせた。

祐介は実桜(みお)と鴨川(かもがわ)近くのカフェにいた。

「おめでとう、川上さん」

「ああ」

小さくありがとうと言う。

「乾杯」

実桜がコーヒーカップを差し出してきた。祐介は微笑みながらカップを合わせる。

　彼女と会うのは久しぶりだった。岩切の逮捕について語っていく。川に飛びこんで助けたことを告げると、ヒーローみたいやんと茶化された。溺れて救急車で運ばれたことは隠しておいた。

「きっと西島さんも喜んではるよ。これでやっと本当の意味で、無実が証明されたって」

　実桜の言葉はむずがゆかった。

「俺は西島さんに恨まれこそすれ、感謝なんてされる立場じゃないさ」

　彼を疑い、ずっと追い回していた。それが間違いだったと気づいて本当の犯人を挙げたとしても、赦されることじゃない。

「ああそや、これ見てくれた？　ちょっと前の記事やけど」

　一か月ほど前の新聞記事だった。

「べっぴんさんやろ」

　久世橋事件に関するインタビューだ。実桜が取材を受けている。

　冤罪被害者、西島茂の言葉を紹介していた。

　本当の犯人が出てこないうちは自分が犯人なんです。そんなことを死ぬまで訴えていたそうだ。冤罪事件は他の未解決事件とは違う。一度有罪になった事件では警察は再捜査しない。その問題点を、実桜が訴えていた。

「そやけど、川上さんみたいに執念で本当の犯人を突きとめた刑事さんもおったって訂正せんとあかんな」

苦笑いすると、携帯に着信があった。こちらからかけた電話の折り返しだったので、実桜に断って席を立つ。急いで電話に出た。

「祐介くん、お手柄だったようだな」

角谷正太郎。父の友人だった元警部補だ。

「本当にやり遂げたんだな、おめでとう」

「ありがとうございます」

「たいしたものだ。私は何の役にも立てなかったが」

「そんなことないです」

上村のことを教えてくれたのは角谷だし、その上村から岩切へとつながった。それに刑事としての姿勢みたいなものも、彼から学べた気がする。

「あれだな、もうすぐお父さんの命日だ。大八木さんも喜んでいるよ」

もう一度、たいしたものだと言って通話は切れた。

角谷のおかげで思い出した。そうだった、もうすぐ父の命日がやってくる。こんな最高の形で久世橋事件の犯人にたどり着くことができたのだ。胸を張って墓前で報告をしよう。

　席に戻って実桜としゃべっているうちに、あっという間に時間が過ぎていった。

「さてと、行くよ。次の約束があるんだ」

「誰かと会うの？」

　気のせいか、実桜は少しふくれつらだ。

「ああ、久世橋事件解決のヒーローはもう一人いる。そいつに会うんだ」

　ふうとため息をつくと、実桜は微笑んだ。

「川上さん、ホンマよかったな」

「ああ、ありがとう」

　父のことを知った上で、祐介の気持ちをわかってくれている。あたたかいものが心に広がっていくのを感じた。

　実桜に会ったこと、西島を病院に運んだこと、今わの際（きわ）に彼女から連絡を受けて西島から父のことを聞いたこと……全てはつながっている。そんなことが頭にあった。

　鴨川を見ながら一人でしばらく歩いた。

　もうすぐ父の命日だ。

一緒に墓参りができたらどんなにいいだろう。あいつは嫌がるかもしれないが、誘(さそ)ってみるか。

「待ったか？」

約束した駅前には、真佐人がいた。

こちらに気づくと、顔を上げた。

「体調はどうだ？」

溺れたことを、一応気遣(きづか)ってくれているようだ。

「特に悪くはない」

小寺がいるにもかかわらず、アニキと呼んで川に飛びこみ助けてくれた。ありがとう。口に出すのは恥ずかしいので心の中で伝えた。

二人並んで、川ぞいを歩き始める。

「長かったな」

「ああ、本当に長かった」

真佐人は夜空を見上げた。

「これでやっと、検事になれる気がするよ」

父が無念の死を遂げてから二十二年。

離れ離れになっても同じ思いを胸に秘め、この日が来るのを信じて走り続けてきた。刑事になったのは、父の正しさを証明したかったから。たどり着いた結末が初めに目指していたものと違っても、今、自分は満足している。

「そうだな。俺もようやく刑事になれる気がする」

これで一区切りがつき、ただの刑事として新しい一歩踏み出すのだ。きっと父もそう願っている。

「岩切を逮捕できたのは、アニキのおかげだ」

真佐人の声に振り返る。

「アニキは不器用(ぶきよう)だけど、やり遂げた。俺にはできないやり方で、でも確実にたどり着いた」

そう言って、真佐人は手を差し出す。

「負けたよ」

もう、勝ち負けなんてどうでもよくなっていた。

今ならはっきりわかる。俺はただ、お前と一緒に成し遂げられたことが心の底から嬉(うれ)しいんだ。

真佐人の顔には笑(え)みがあった。それはいつものすました顔ではなく、子どもの頃からよく知る笑顔だった。

祐介も微笑み返す。真佐人、お前がいてくれて本当に良かった。

その手を握ろうとした時、携帯が鳴った。

真佐人はこちらに目をやってから取り出すと、通話に出る。小さく漏れ聞こえてくるのは年輩（ねんぱい）の男の声だった。仕事関係の相手かと思ったが、真佐人の口調は敬語ではない。少し話して、すぐに切る。

「近くにいるから、ここまで来るそうだ」

「誰かと会うのか」

「ああ」

もう少し話したかったが、まあ仕方ない。

「それじゃあな」

「いや、アニキもここにいてほしい」

訳がわからなかったがそのまま二人で待つと、まもなく誰かが近づいてきた。

白髪を後ろになでつけた六十くらいの男だ。はっきりとは思い出せないが、ほんのかすかな記憶がある。

「父さん」

その声にはっとする。やってきたのは真佐人の養父、唐沢洋太郎（ようたろう）だった。

穏（おだ）やかなまなざしは真佐人からこちらに向けられた。

「君は祐介くん、だろ」

一瞬、息を飲んだ。はいと答える。

「立派になったね。本当に久しぶりだ」

祐介はどうも、と小さく会釈する。

「聞いたよ。岩切が自殺しようとするのをぎりぎりで食い止めたらしいね。すごいじゃないか」

「いえ、たまたまです」

「真佐人との話は、祐介くんにも聞いてほしかった。君も知っておくべきことだから……」

何のことだろう。そう思ったが、唐沢はゆっくり視線を真佐人に戻した。

「悪かったな、真佐人」

どういう意味だとばかりに、真佐人は唐沢を見つめ返す。

「お前に嘘をついたことだ」

「嘘？」

「久世橋事件の真相について、何か知っていたら教えて欲しい。お前にそう聞かれたのに、私は知らんと嘘をついた」

唐沢はため息をついた。

「私は薄々知っていたんだよ。岩切が犯人かもしれないって」

「えっ」

　祐介と真佐人は同時に声を上げた。

「岩切はある意味、アンタッチャブルみたいなもんだった」

「どういう意味ですか」

「西島の冤罪が晴れたのと同時に、一部の警察関係者は気づいていたのさ。岩切が犯人かもしれないってことを。だから隠ぺいした」

　なんてことだ。言葉が出ない。

「冤罪を生み出した責めは大八木さんが一人でかぶっている。このまま本当の犯人が出てこなければ、取り逃がした責任はうやむやにできる。当然、我が身はかわいいから皆黙っている。裏切るなんてことは誰もしない」

　唐沢はどこか苦し気に続けた。

「私も大八木さんには何も知らないで通していたのさ。本当にすまない」

　まさか、と頭をよぎることがあった。真佐人を養子に引き取ったのは、父を見捨てたことに対する後ろめたさからだったのではないか。

「謝ってすむことじゃない」

　声を上げたのは、真佐人だった。

「どうしてもっと早く教えてくれなかった！」

　これほど怒る真佐人を初めて見た。

「教えてくれていたら時効になる前に、岩切を逮捕することができたじゃないか。今回の事件だって、起こらずに済んだかもしれないだろ」

「弁解などしない。隠した理由はただの保身だからな」

　唐沢は思いつめた顔で語った。

「ただ恥を忍んで君らにこうして打ち明けている理由は、他にあるんだよ」

　祐介は唐沢の方を向いた。

「何ですか」

「君たちに伝えなくてはいけないことがある。一つ気になることがあってね。昔、大八木さんが話していたことなんだ」

「父が言っていたこと？」

　どういうことだ。祐介と真佐人は唐沢の顔を食いいるように見つめた。

「大八木さんは言っていた。二人いるかもしれないと」

「え、二人？」

　祐介は目を見開く。

「久世橋事件は単独犯によるものではないということですか」

「ああ」

考えもしなかったことだった。

「その根拠は？」

「詳しくはわからない。ただ、初期の捜査段階で気になる事実を摑んだそうだ。消えていった目撃証言。それをあの人は追いかけていたらしい」

「目撃証言？」

「ああ。消えていったというより、消されたと言った方が的確かもしれないがな」

捜査本部の方針が西島の逮捕に決まったことで、それに矛盾する証拠は淘汰されていったそうだ。

「事件の直後、現場から大きい人影と小さい人影が逃げていくのを見た。これが、消された証言だ」

大きい人影と小さい人影。

この証言が正しかったとしたら、岩切の他にもう一人いたということになる。大きい人影というのはきっと岩切だ。では小さい人影というのはいったい誰なのだろう。

雷鳴に打たれたように真佐人も固まっている。

「不確かな証言で、全く関係ないことかもしれない。だが、今さら黙っているわけにはいかないと思った」

ふうと唐沢は大きく息を吐きだす。

「私が伝えたかったのはそれだけだ」

言い残して唐沢は去っていった。

夜風のせいか、体はすっかり冷えてきた。真佐人はうつむいて、こぶしを握り締めている。

「大丈夫か」

声をかけるが、返事はない。

真佐人は以前、父親を超えたいと言っていた。それは育ての父である唐沢洋太郎を意味していた。もちろん心の底には、実の父である大八木宏邦への思いもあっただろうが、唐沢のことだって実の父と同じように尊敬していたのだ。

慰めの言葉をかけられることを拒絶するように、真佐人は口を開く。

「アニキ」

珍しく感情を乱していたが、いつもの真佐人がそこにいた。

「補充捜査を頼む」

「……ああ」

交わした会話は、それだけだった。

兄として気の利いたことを言ってやれたらよかったのだが、祐介自身も大きく動揺していた。

共犯者の存在。ようやく摑んだかに思えた真実が、まだ中途半端な形で闇の中をうごめいている。突き落とされたような気分だが、泣きごとなど言ってはいられない。

もう一度、真実に向き合うんだ。

2

風がかなり冷たく感じられるようになった。

共犯者。

ずっと追い求めていた久世橋事件の犯人が、一人ではないかもしれない。そんなこと、思いもしなかった。

取調室に入った祐介は、岩切と対峙する。

無精ひげの岩切はパイプ椅子に腰かけ、腰縄を結び付けられる。切れ長の目には威圧感がある。

めくりあげた袖から太くて黒い腕がのぞいている。ラーメン屋で湯きりをしている姿がよみがえった。筋骨隆々で、五十代とは思えないほど立派な体格だ。

祐介はじっと、岩切を見つめる。

「あなたが足立葉子さんを殺したんですね」

岩切はゆっくり首を垂れた。

「そうだ」

「どうしてですか」

面倒くさげに、岩切は首のあたりを掻いた。

「仕方なかったからだ。誰もいないと思って忍びこんだら、あの女がいたんでな。顔を見られたんで殺すしかなかったのさ。ちょうど包丁があったんでな。ただ思いのほか、抵抗された。あんな細い女のくせに。このざまだ」

腕のひっかき傷を見せた。それは殺された足立葉子がまるで最後の力を振り絞って、犯人の証拠を刻みこもうとしたようだ。だが冷静に語って見せる岩切はまるで反省する素ぶりはない。

「どうやって侵入したんですか」

「カム送りで勝手口の鍵を破った。俺にはこれしかできん」

「どうして足立さんを狙ったんですか」

「たまたまだ。丹波口駅近くで見かけて後をつけたのさ。裕福そうな女だったんでな。しかも女二人暮らし。カム送りが可能な勝手口を見て、いけると思った」

「それはいつの頃ですか」

岩切は首をひねった。

「半月くらい前だったか」

祐介は眉根（まゆね）を寄せた。裏手から家の様子を確認していたのは一か月くらい前だった。

「もっと前ではありませんか」

岩切は虚を突かれたような顔をして、目を伏せた。

「細かいことは忘れたよ。もっと前かもしれん」

妙だなと祐介は思った。

何かを感じ取ってごまかしたように感じる。一方で聞いていないことまですらすら答えた。まるであらかじめ言葉を用意していたかのように。

「奪った金はどうしたんですか」

「前にも言ったが、綾部（あやべ）の山に隠したよ」

「人員を割いて探していますが、見つからないんです」

「そうか、だが俺も山の中は詳しくない」

祐介は岩切をじっと見つめた。

「何か目印になるようなものとか、思い出せませんか」

岩切は馬鹿にするように笑った。

「そんなもん思い出して、俺にとって何のメリットがある？　罪を軽くしてもらえるのか。どうせ無期懲役だろ。俺がその金を使うことはできないんだからな」

利己的な態度に思わず机をたたきかけた。

何が、どうせ無期懲役、だ。二回も強盗殺人を犯したお前など、本当だったら死刑以外に選択肢なんてないんだ。公訴時効のせいで久世橋事件の罪は問えないことが悔やまれる。

「では久世橋事件について教えてください。あなた一人でやったんですか」

祐介の問いに、岩切は顔を上げた。

「どういう意味だ？」

「大きい影と小さい影……二人が逃げていくのを見ていた人がいたんです。共犯者がいたんじゃありませんか」

その問いに、岩切は視線をそらした。

こいつ……やはり態度が怪しい。

まてよ、盗まれた見つかっていない金。これだけ探しているのに見つからないのはひょっとして……。

「足立さん宅から奪った金は、山に埋めたのではなく、誰かに託したんじゃないんですか」

祐介は問いかける。

間があって岩切は薄ら笑いを浮かべた。

祐介は魅入られたように、岩切の切れ長の目を見つめていた。何だこいつは。本当に心の底が見えない。

やがて取調べは終わった。

「何かわかったか」

小寺の問いに、祐介はたまらず口を開く。

「気になることがあるんです」

「どういうことだ?」

「久世橋事件は犯人が二人いる。父はそう言い残していたようです。もしかして今回の事件にも協力者がいて、盗んだ金を受け渡したのでは」

「おいおい、こう言いたいのか。一緒に足立葉子さんを殺した共犯がいるって」

「ええ。もっと言えば、久世橋事件の共犯と、今回の事件の共犯。同じ人物という可能性があります」

小寺は両手を大きく広げた。

「なるほど。じゃあ金は山の中じゃなく、そいつが持っているかもしれないってことか」

「現段階ではあくまで可能性の一つですが」

　小寺は銀髪を後ろになでつけると、しばらく考えていた。

「まあいい、さてと、行くか」

「テラさん、どこへ？」

「足立奈々さんのところだ。もう一度、関係者を洗い直すんだよ」

　二人は再び捜査に出た。


　向かったのは被害者である足立葉子の娘、奈々のマンションだ。

　少し落ち着いた表情で、奈々が出迎えてくれた。

「実は岩切に共犯者がいる可能性がでてきましてね」

「えっ」

　岩切と足立葉子に面識はないようだった。だが共犯者が足立家の事情に詳しく、犯行を手引きしたという線もある。

「お母さんの知り合いの方とか関係者とかわかりますか？　もう一度、調べてみたいので」

「家に行けばわかると思います」

奈々とともにマンションを出て、すぐ近くの自宅へと移動する。

「母は人づきあいがあまり良くなかったので、知り合いは少なかったです。ある程度絞りこめるかと思います」

捜査本部でも他の班が色々調べているが、これといって怪しい人物はいなかったと聞いている。出入りしていた業者や不動産関係の担当者なども、細かく教えてもらう。岩切とのつながりがないか、という視点からこのリストを当たってみるしかないか。

続いて寝室へ向かった。

ベッドの横に金庫が置かれていた。強引にこじ開けられた跡がある。

「ここにはいつも大金があったんですか」

祐介の問いに、奈々はうなずく。

「現金もある程度は手元に置いておきたいからって。一千万円入っていると母には聞かされていました」

物心ついたころから金庫があったという。

「金庫に大金があること、あなたの他に知っている人はいたんでしょうか」

「さあ、誰にも内緒(ないしょ)だったと思いますけど」

確かにそうだろう。

岩切は行き止まりの塀のところからこの家を見ていた。いくら金持ちの家でも大金が家の中にあるという確信がなければ、侵入して殺すことまでするだろうか。しかも娘が不在の夜を狙っている。

やはり事情に詳しい協力者がいたと考えるのが自然だ。

「他には何か気づいたこと、ありませんか」

祐介が問いかけた。

「何でもいいんです。どんなささいなことでも」

食い下がると、奈々は口元に手を当てた。

「それは……一つだけ」

何かあるのか。

奈々はアコースティックギターを取り出した。

「それはお母さんの？」

小寺の問いに、奈々はゆっくりうなずく。事件現場にあったものだ。

「母が昔、弾いていたそうです。最近は触りもしていなかったけど」

そのギターがどうしたと言うのだろう。祐介が問いかけると、答える代わりに奈々は弦をつま弾いた。音楽のことはよくわからないが、耳障りな音が響く。

「不協和音」

「はい?」

「おかしいのは、この音のことです」

奈々はもう一度、弦をつま弾く。やはりざらついた音だ。

「ここ最近なんですけど、私、こっそりこの母のギターを弾いていたんです」

内緒で練習して、母親を驚かせようとしていたらしい。

「事件の二日前にちゃんとチューニングしたはずなのに、どうして音が狂っているんだろうって」

祐介は小寺と顔を見合わせた。

「古いけどいいギターだから、すぐには狂わないって母が言ってたのに。こんなに狂っているから変だなって」

奈々はチューナーで調律すると、もう一度ギターを鳴らす。

「ほら、きれいに音が合いましたよ」

そう言われても、何とも言えない。楽器のことなど専門外だ。

「お役に立ちそうでしょうか」

不安そうな奈々に向かって、丁寧に頭を下げる。

「ありがとうございます。もう少し調べてみますので」

そう言って、足立宅を出た。

しばらく日が流れても、捜査に進展はなかった。

あれから奈々に聞いた人々について調べを進めてみたが、岩切との接点は見つからない。共犯者の存在については、ただの考え過ぎなのだろうか。

電話があった。表示は〝検事〟真佐人からだ。

「すぐに来てくれ」

どうしたのだろう。よくわからないが切迫した声だ。

唐沢洋太郎に話を聞いてから、あいつも共犯者の可能性を探っているだろう。何か重要なことがわかったのだろうか。

京都地検の駐車場に車を停めると、検事室へ直行した。

だが部屋に入る寸前に、真佐人が横から姿を見せる。こっそりと別の部屋へ入った。

「アニキ、奪われた現金の行方はわかったのか」

岩切と一緒に綾部の山へ行き、現地見分もした。だが依然（いぜん）として見つからず、振り回されているだけのように思えてきたところだ。

「いや、まだ見つかっていない」

「だろうな」

「なに？」

「見てほしいものがある」

真佐人はパソコンを操作した。

「アニキが言っていただろ？　岩切をつけていたら、丹波口から被害者宅の裏手へ行ったたって」

「それは、ああ」

「ということは岩切は事件当日も電車移動だった可能性がある。だから丹波口と岩切の自宅に近い千代川(ちよかわ)駅の防カメを調べてもらった」

モニターに駅構内の様子が映し出される。男が紙袋を抱えて現れた。大柄で右耳がつぶれている。

「岩切だ」

真佐人はうなずく。時間からして事件からほどない映像だ。ハンバーガーショップの袋であることが確認できた。

「今のは丹波口の映像だ。問題は、千代川の方だ。見てみろ」

改札を通っていく岩切は手ぶらだ。ハンバーガーショップの袋は持っていない。

「電車の運行時刻からして、事件直後に岩切は丹波口から乗って、千代川で降りている。下車は一度もしていない」

「ということは、紙袋はどこに?」

「電車内で誰かに渡したんだよ」

忘れ物として届けられていないのなら、そう考えるしかないだろう。

「車内にカメラってないよな」

「いや……ごく最近、すり防止目的で試験的に防犯カメラが導入(どうにゅう)されたんだ。どうやらこいつもそのことを知らなかったようだ」

真佐人はパソコンを操作した。人気(ひとけ)のない車内には岩切がいる。ハンバーガーショップの袋を手に、扉横の壁にもたれている。

そこに帽子をかぶった男がやってきた。スポーツバッグを手にしている。つり革に摑まりながら、岩切と会話を交わしているようだ。岩切と比べてかなり小柄だ。久世橋事件の犯人は、大きい人影と小さい人影……唐沢から聞いた言葉が浮かぶ。

「あっ」

後から来た男がハンバーガーショップの袋を受け取り、中を確認している。

「これって……」

「状況からして、奪った現金の受け渡しだろう」

やがて帽子の男は袋をスポーツバッグにしまうと、電車を降りていった。

「くそ、これでは顔がわからない」

「心配するな。花園（はなぞの）駅から出ていくところを、カメラで確認できた」

映像が切り替わった。帽子の下の横顔がはっきりと映し出されている。

祐介は息をのむ。

「……どういうことだ」

混乱して理解が追い付かない。

そこに映っていたのは元警部補、角谷正太郎だった。

3

外はいつの間にか雨が降っていた。

祐介は手土産を持って加藤宅を訪れた。すっかり顔色もよく、加藤は興奮していた。

電話では伝えてあるし、ニュースでも流れている。岩切の逮捕を我がことのように喜んでくれた。

「おい、やったな。祐介くんよ」

「加藤さんのおかげです」

「いやいや、なんの役にも立てずに、病院でぶっ倒れていて悪かったよ」

「何言うんですか。無事に元気になってくれただけでも本当にうれしいんですから」

祐介は微笑む。

「たくさん食べてってくださいね」

加藤の妻と娘が手料理でもてなしてくれる。

「お父さんも喜んでいるだろう。本当によかったなあ」

「……はい」

ここは祝いの席だが、迷ったあげく尋ねてみることにした。

「加藤さん、角谷元警部補について教えていただきたいんですけど」

防犯カメラに映っていた。角谷と岩切がああして二人で会っていたなんて。しかも彼らの間で手渡されたのは、足立家から盗まれた現金である可能性が高い。

「ああ、彼には昔、捜査協力したことがあってね。何度か一緒に飲んでいたし、退院してからも酒を持って見舞いに来てくれたよ」

「ひょっとしてなんですけど、角谷さんは岩切と面識があったりしますか」

「おや、よく知ってるね。不思議な縁だけど、そうみたいだよ」

加藤は続けて話した。

「岩切は少年時代、何度か補導(ほどう)されている。その時、世話を焼いたのが角谷さんだったそうだ。それ以来、ずっと付き合いがあったと聞いている。それなのに、今になって殺人事件を起こしてしまうし、まさか久世橋事件の犯人だったなんてな。角谷さんも複雑な気持ちだろう」

「………」

おかしい。岩切について聞いた時、角谷は知らないと言っていた。あれは嘘だったということか。だが信じられない。何かの間違いではないのか。

そのあと加藤は機嫌よく話し続けたが、適当に相槌(あいづち)を打つだけで何も耳に入ってこなかった。

「聞いてるか、祐介くん」

「あ、はい?」

祐介は顔を上げる。加藤は優しげな目で言った。

「大八木さんの、警官として迷った時の口癖みたいなもんについてだ」

「何です?」

「真実を見て見ぬふりはすんなよ、って」

「はあ」

そういえば、家でもそんなことをよく言っていた気がする。

「いい言葉だよな」

「そうですね」

少々かっこつけすぎな気もするが、確かに見て見ぬふりはできない。

「加藤さん、また来ます」

「ああ、無理するんじゃないぞ」

はいと言って加藤家を出た。


小寺と合流し、向かった先は角谷の家だった。

中にいるようなので車を停めて、しばらく様子を見る。

「角谷さんにも何か事情があったのかもしれません。腹を割って話せば訳を語ってくれるかもしれない」

そう言うと、小寺に鼻で笑われた。

「ここまで来ておいて、甘ちゃんかよ」

祐介はむっとする。

「問題は足立葉子宅から盗まれた金。そいつを押さえることだ。角谷を疑っているってことがばれたら、その時点で終わりだ」

厳しいことを言われたが、そのとおりだ。現金を押さえ、そこに岩切や足立葉子の指紋でも付着していれば動かぬ証拠になる。

「おい、動くぞ」

視線の先、誰かが家の中から出てきた。

角谷だった。

車に乗りこむと、発進する。祐介は気づかれないよう車を走らせた。引退しているとはいえ元刑事だ。尾行がばれないか、いつもよりも格段に慎重になる。

しばらく走って、角谷の車は京都市外に出た。

車は交差点を曲がり、銀行の駐車場に入った。祐介はその前を一度通過し、一周回ってから同じ駐車場に入る。

後部座席から、荷物を取り出している。ハンバーガーショップの紙袋。それはカメラ映像で岩切から渡されたものと同じだった。今も奪われた金がそのまま入っているのだろうか。紙幣番号が控えられているわけでもないし、入金されてしまえばわからなくなってしまう。

「行くぞ、川上」

待ってください、と祐介は言った。

「テラさん、やっぱり俺、角谷さんと話がしたいんです」

「何言ってる？」

一緒に酒を酌み交わした時の笑顔がうかぶ。何かやむを得ない事情があったのではないか。その手に持った紙袋にも、汚れ切った現金などではなく、ただのハンバーガーが入っているかもしれない。

「お前な、ここで話しかけるなんて、おかしいと思われるに決まっているだろ」

「大丈夫です。電話だったら問題ありません。何か聞き出せるかもしれませんし」

小寺は大げさにため息をつく。

「少しでも怪しい動きがあれば、すぐに取り押さえるぞ」

「はい」

押し切るようにして、祐介は電話をかけた。

小寺は車から降りていく。気づかれないよう、角谷の背後に回りこんでいくのが見えた。

角谷は銀行に入る寸前、立ち止まる。着信に気づいたようだ。面倒くさげに電話に出る。

「川上です。少しいいですか」

「ああ、いいよ。太秦署のヒーローを無下には扱えんさ」

明るい声が返ってきた。

今、その手に抱えているハンバーガーの袋は何ですか。

そう問いかけたい気持ちを必死で抑える。

「岩切のことです。少し気になることがあって調べているんですが。以前、角谷さんは彼のことを知らないと言っていましたよね？　でも他に誰か詳しく知る人はいないでしょうか」

疑いを悟られないよう、慎重に言葉を選んだ。

少し待ったが答えが返ってこない。

どうしたんだ。そう思った時、角谷は声を発した。

「……黙っていてすまんな」

祐介は口を閉ざす。

「加藤に聞いたんだろ？　俺と岩切のこと。だが余計なことを言って、お前さんに偏見を持ってもらいたくなかった」

「角谷さん」

「あいつは更生していると信じていたが、俺の眼鏡違いだったようだ。まあ、お前さんの執念が勝ったってことだよ」

それは優しい声だった。

「もう一つ、黙っていたことがある」

「……何ですか」

「岩切に相談を受けたのさ。足立葉子さんを殺したって」

　思わず唾を飲みこんだ。

「それを聞いた時、本当はすぐに通報すべきだったよ。警察に身を置いたものとして、情けないことだな。責められても仕方ない。だが自首するっていうあいつの言葉を信じたかったんだ」

　まさか角谷の方から、ここまで打ち明けてくるとは思わなかった。相手を信じたいという、その気持ちはよくわかる。俺だって今そうだ。

　騙されるなとばかりに、小寺が厳しい顔を向けている。そうだ。こちらの疑いを明敏に悟って、丸めこもうとしているだけかもしれない。

「共犯者に当てはありませんか」

　問いに返事はなかった。疑っていると思わせないよう、言葉を選んでいく。

「久世橋事件のことです。犯人は岩切の他にもう一人いた可能性がある。父はそう考えていたようです」

「なるほどな。そうか」

　慌てるでもなく、角谷は答えた。

「親父さんは鋭い人だ」

「角谷さんも共犯者について、何か知っているんですか」

「ああ、そうだな」

「誰ですか」

せき立てるように問いかけると、角谷はふっと笑った。

「その前に祐介くん、こっちからも聞いていいか」

「はい」

一瞬、間があった。

「ハンバーガーの袋についてどう思う？」

「えっ」

思わず声を上げる。

今の問いかけはまさか……そう思った時に声が聞こえた。

「親父さんはいい刑事だったな」

いまさら何を言い出す。そう思ったが黙っていると、角谷は続けた。

「それに比べて、お前さんは青臭過ぎる」

次の瞬間、角谷は銀行の入口とは逆方向に駆け出した。

しまった。

祐介は車を出て追う。小寺も続いた。角谷は銀行の裏手に駆けていく。

さっき車で一周したが、この先は行き止まりのはずだ。

「角谷さん」

角を曲がると、フェンスの前に角谷が背を向けて立っていた。

逃げられないと観念したのかと思ったが、そうではない。角谷の視線の先には、燃え上がる炎があった。あの紙袋が燃えている。

「くそ！」

札束の原型だけはわかった。上着を振り回して必死で火を消そうとする。だがかえって勢いが増すだけだ。

「消えろ！　ちくしょう！」

叫び声と無関係に燃え上がる。火が小さくなったのは燃えるものがなくなったからだった。それでも祐介は必死で燃えカスをかき集める。だがそれは、ほとんど粉々になっていて、風に吹かれていった。

小寺が悔しそうにため息をつく。もうどうしようもなくなってしまった。振り返ると、角谷がこちらを見下ろしていた。

「角谷！」

祐介がその胸ぐらを摑んだ。

「あんたが岩切の共犯者だったんだな」

反論はない。注がれたのは冷たい視線だった。

　それは実質的な自白だろう。これまで多くの犯罪者と対峙してきた。だがその誰よりも深く暗く、凍てつくようなまなざしに感じた。

「あんたなんだな。認めるんだな」

　冷たいまなざしのまま、角谷は口元を緩めた。

「だったらどうする？」

「逮捕するに決まっている！」

　祐介は摑んだ胸ぐらを締め上げる。

「川上！　やめろ」

　小寺が祐介を羽交い締めにして割って入った。明らかにあおっている。祐介が感情のあまり暴行を加えるよう仕向けている。それがわかっているのにやめられなかった。

　制止を振り切り、なおも摑みかかろうとする祐介に、やめろという声とともに小寺のこぶしが入った。膝から崩れる。角谷の顔が歪んで見えた。

　電車内の防犯カメラの映像を見た時、本当はわかっていたはずだった。真実を見て見ぬふりはするなと、父の言葉にもあったはずなのに。自分の甘さが隙を作った。緊急避難的措置で有無を言わさず、あの紙袋を押さえていたら……。

　角谷は背を向けて去っていく。

手に負ったやけどが、今になってひりひりと熱かった。

4

何もわからないまま、時間だけが流れていく。

かき集めた燃えカスは警察に持って帰った。だがあれだけ黒焦げになっては、指紋やＤＮＡを検出（けんしゅつ）するのは難しいだろう。

もしかすると角谷が燃やしたのは、盗んだ金の一部なのかもしれない。冷静に思い返すと燃えカスの量は少なかった。角谷はＡＴＭに向かっていたようだし、だとすると一度に預けられる限度額がある。分散して預けるつもりだったならば、まだ残りの金が存在するかもしれない。

角谷には任意で事情聴取（ちょうしゅ）を行っているが、状況証拠しかなく逮捕は厳しい。岩切の供述でも得られたら、事情が変わってくるだろうが。

「角谷元警部補に奪った現金を渡しましたね」

祐介は再び、岩切の取調べに当たっている。

防犯カメラの映像を見せた。

「受け渡した場面が、ここにばっちりと映っているんですがね」

だが岩切は、それがどうしたとばかりに微動だにしない。

「知り合いだったと聞きましたが、どうして今さら、かばうんですか」

鼻で笑うだけで答えはなかった。

わからない。二人が通じていることは明白なのに、なぜ黙っている。

「自首するために角谷に相談したというのは本当ですか」

「……何を言っている」

岩切を睨みつけたまま、深く息を吐きだす。

少し動揺しているようにも映るが、気のせいだろうか。腕を組んで壁にもたれているると、しばらくしてから岩切が口を開いた。

「刑事さん」

呼びかけに祐介は黙ってそちらを見た。

「金なんて渡してない」

祐介は奥歯を嚙みしめる。

「自首の相談？　するわけないだろ」

「あなたが角谷に金を渡すところがはっきり映っていたんですよ」

「あれはハンバーガーだ。腹が減ったってんで、やったまでだ」

「じゃあ角谷が燃やしたハンバーガーの袋に、どうして金が入っていたんですか」

岩切はふっと笑った。

「事情はよく知らんが、たまたまその時渡した袋に、へそくりでも入れただけじゃないのか」

くそ。完全にただの屁理屈だ。こいつはどうしてここまで角谷をかばう？

角度を変えて攻めていくか。

「あなたはどうして足立さんを狙ったんですか」

以前から気になっていた点だ。たまたま丹波口駅で見かけただけで狙ったとは思えない。

「あなたは事件の半月ほど前に足立さんを見かけて犯行を思いたったと言っていました。ですが、それ以前にも足立さんの家を裏手から見ていましたよね。どうしてですか」

「…………」

知られているとは思いもしなかったのだろう。目を丸くした後、全くしゃべらなくなった。

どうしてなんだ？　考えを巡らす。

ひょっとして角谷をかばい通せば、自分が出所した時に残りの金の分け前にあずかれると考えているのか。いや、こいつは有罪になったらおそらく一生塀の中だ。可能性は低い。

「角谷とお互いにかばいあう約束でもしていたんですか」

答えはない。

「足立さんの殺害計画に、彼も関与していたのですか」

完全に黙秘だ。

それからいくら攻めても、岩切はだんまりを決めこんだ。

やがて取調べは終わる。

「どうだ？」

有村の問いに、首を横に振った。

「駄目です」

結局、何も得られないままだ。

その後の真佐人の取調べにも、まったく口を開こうとしないという。そもそも自殺しようとしたくらいだから、死んでも隠し通したいことがあるのだろう。

一日が終わり、太秦署を出た。

力なく電車に乗り、岩切を尾行した時のように丹波口駅で降りた。

足立葉子の家には、明かりがついていた。

娘の奈々が戻っているのか。そう思ったが、そこにいたのは一人の優男だった。

「真佐人、何やってる？」

問いかけると、真佐人はゆっくり顔をこちらに向けた。

「考えているのさ。共犯者について」

心が痛む。角谷を捕らえる千載一遇のチャンスを自分のせいで逃してしまったのかもしれない。

「俺のせいだ」

これほど自分が嫌になったことはない。あの瞬間だけだったのだ。あそこを押さえるしか、証拠は手に入れられなかった。それがわかっているから、角谷も金を燃やすなんていう異常行動に出たのだ。

真佐人は何を言うでもなく手袋をはめる。アコースティックギターを手にした。

「不協和音」

「ああ？」

「奈々さんが言ってたんだろ。このギターのチューニングが狂っていたって。どういう意味が隠れているのか、そのことを考えている」

おもむろに弦をはじく。

「事件の捜査も同じだな」

「ああ？」

「捜査本部の指揮から外れた音が入ると、濁って聞こえるだろう」

真佐人は六本の弦を一緒に鳴らした。

捜査本部が一度方針を決めると、捜査員はそれに従うしかない。異を唱えることは許されず、一枚岩を強いられる。西島が犯人だと裏付ける証拠は、きれいな和音。それに矛盾する音が入ると不協和音だ。調和のとれた美しい音だけが残され、邪魔な音は排除される。

「この事件にもまだあるのかもしれない。そういう消されていった音が」

「そうだな」

祐介は、もう一度、うなずく。

「俺は諦めない」

そう言うと、真佐人は出ていった。

祐介は一人、現場に残った。

消されていった音、か。

まだ誰も気づいていない、何の意味ももたないと思われている音や邪魔な音

……。祐介はもう一度、部屋の中を見渡した。一つ一つの情報を頭の中で思い返しながら確かめていく。台所の奥、勝手口の扉の錠ケースが浮いているのが目に入っ

た。カム送り。久世橋事件と同じ手口だ。初めにあった目撃証言を思い出す。怪しい男が目撃されたのは午後十一時ごろ。死亡推定時刻と合わないため、時間については無視されていた。

消えていった音の一つだと言っていい。

それは久世橋事件にも存在した。大きい人影と小さい人影。その証言は、西島（にしじま）のDNA型が一致したという事実の前にかき消されていった。一つ一つの消えていった音を追うことが、真実への道かもしれない。

足立葉子が殺されていた居間へ戻る。

ギターを手に取ると、祐介は弦をつま弾く。

耳障りな音はしないから、音程は狂っていないのだろう。

奈々の話では、事件後にチューニングが狂っていたそうだ。前に弾いてから二日しかたっていなかったのに変だと言っていた。今は狂っていない。ふと気になって奈々に電話をかけた。彼女の話によると、祐介の前で音程を合わせて以降、ギターには触れていないという。いいギターだから狂いにくいというのは本当のようだ。

だったらどうして事件直後は狂っていた？

狂った理由が何かあったとすれば……。

その時、どこかからか音が聞こえたような気がした。

「あ……」

それは今までのような濁った音ではなく、きれいな和音だった。

待て、そんなことがあるのか。

祐介は勝手口まで歩き、鍵穴を目にする。そうだ。これも消えていった音の一つ。続いて、岩切の供述が思い浮かぶ。一つ一つは微細なノイズのようであっても、それらを拾い集めていくと、まったく別の和音が生まれていく。そして不思議と調和した聞き覚えのない旋律を奏でていく。いつの間にか祐介を、一つの曲が包みこんでいた。

太秦署に戻ると、留置管理課へ向かった。

若い看守がこちらに気づく。

「岩切を今から取調べたい」

「川上さん、無理ですよ。先約があって」

「先約？」

「唐沢検事がもうすぐ来ます」

舌打ちして引き返した。

この考えにあいつはたどり着いているのだろうか。ギターを手にしていたし、あいつのことだから気づいていたのかもしれない。

取調室に行くと、事務官が機材を準備していた。

「中断してください。岩切に用があるんです」

「困ります。これから検事調べですよ」

戸惑う事務官に構わず、祐介は続ける。

「ようやく真実がわかったんです。俺が取調べます」

事務官は茫然としていたが、背後から声が聞こえた。

「何か」

真佐人だった。

もう昨年のことになるか。検察庁に乗りこんでお前とこうして向き合ったのは。あの時はお互い、まだ何もわかっていなかったな。父が間違うはずがないと必死だった。

「心配いりませんよ。私に任せてください」

真佐人は平然と言った。祐介は唇を嚙みしめる。

「そんなことを話しにきたんじゃない」

「じゃあ何ですか」

「この事件の真相です」

真佐人は黙ってこちらを見た。

「言うまでもなく、足立さんを殺した犯人は岩切です。久世橋事件も岩切が犯人だ。ただ思ったとおり、共犯者がいたのは間違いなかったんです」

「何か証拠でも出てきたのですか」

「いや……」

「だったら補充捜査を引き続き頼みます。私はこれから岩切を取調べますので」

「いや、俺が取調べる」

真佐人はいつものように冷静だったが、事務官の顔は引きつっていた。

「川上刑事、あなた何を言って」

祐介は構わず、両手を机に叩きつけた。

「ここは京都地検じゃない。うちの城だ」

真佐人は何も言わず、じっとこちらを見ている。

「検事には岩切に自白させることは無理だと言っているんですよ。俺がやります」

「正気じゃないわ」

事務官は慌てて駆け出して行った。

誰か責任者を呼びに行ったようだ。だが残念、署長は不在だ。安田がいたら面倒だったが、他の人間ならきっと何とかなる。

「アニキ、どうする気だ？」

　他に誰もいなくなったのを見計らって、真佐人がため息混じりに訊ねてくる。

「お前は突っ立って見てればいい」

「いやだね。俺にも考えがある。アニキが黙って立ってろ」

「お前は間違っている」

「いや、間違ってるのはアニキの方だ」

　その時、事務官が戻ってきた。一緒に連れて来たのは小寺だった。

「いいじゃねえか。喧嘩両成敗。二人で取調べりゃいい」

　意味の分からない言葉で加勢してくれたつもりだろうが、二人で、は余計だった。にやにやした顔で、小寺は完全におもしろがっている。

「たぶん、岩切の口を割ることができるのはこの二人だけだ。刑事調べでも検事調べでも、真実が暴けるならどっちでもいいじゃねえか」

「小寺さん、無茶苦茶です」

　事務官はふくれっつらだ。無言で真佐人が椅子に手を伸ばしたが、祐介が席取りゲームのように押しのけて座った。

「俺がやる」

　子どもっぽいと自分でも思う。だがこいつには任せられない。ごゆっくりと言って小寺は事務官の背を押すように取調室から出ていった。

真佐人はため息をつくと、腕を組んで壁にもたれる。遠慮する気配(けはい)はまるでない。

どうやら、こいつと二人で岩切に対峙することになってしまったようだ。

こんな取調べは初めてだ。

目を閉じると、廊下(ろうか)から誰かが近づいてくるのがわかった。二十八・五センチの靴音。これから全てを終わらせる。三十一年に及ぶ因縁(いんねん)に本当の決着をつけてやる。

「自信はあるんだな」

真佐人が聞いてきた。ああと祐介は答える。

「どんな証拠を突き付ける気だ」

「そんなもんはない。岩切の心をへし折るだけだ」

「やっぱりな」

真佐人はふんと鼻から息を吐く。

「ダメならすぐに選手交代だ」

言われなくてもわかっている。自白させられるかなんて、やってみなければわかりっこない。知らぬ存ぜぬで通される可能性も高いが、この考えが正しいなら真実にたどり着けるかもしれない。

足音が止まり、目つきの悪い大男が入ってきた。

岩切貞夫。

こうして対峙するのは何度目だろう。けだるそうに着席すると、パイプ椅子に腰縄を結び付けられる。顔を上げた時、ようやくこの場の異常さに気づいたようだ。

刑事と検事が並んで視線を向けている。こんな光景は、普通お目にかかれるものじゃない。祐介はこちらを見ろとばかりに切り出す。

「あなたは足立葉子さん宅から盗んだ現金を角谷元警部補に渡しましたね」

問いかけに返事はない。

「防犯カメラにあなたと角谷が映っていました。紙袋を受け渡していたという証拠があるのに、まだ黙っているんですか」

「………………」

岩切はうつむいて膝に手を置く。人差し指を骨のところに当てて動かしている。やはりそうか。しゃべらないことが最大の防御(ぼうぎょ)手段。わかっている。そしてこちらからすれば、そんな相手でも口を開かせることが一番の腕の見せどころだ。

「燃えてしまいましたが、あれは確実に紙幣でした。どうして角谷をかばうんですか」

問いかけても、岩切は無反応だった。

横目で真佐人を見ると、すぐに代わってやるぞ。そう言いたげな顔だ。慌てるな。俺が訊きたいことはこれからだ。

「あなたの気持ちを理解しようとしました。どうしてここまで角谷のことをかばうのかって。そしてやっとわかったんです。かばっているわけじゃない。角谷に弱みを握られていただけなんだって」

耳の穴をほじりながら聞き流す岩切に、祐介は言った。

「ヒントをくれたのは、狂ったギターの音でした」

岩切は上目づかいにこちらを見ている。

「現場にあったギターを覚えているでしょう。チューニングがひどく狂っていました。しかし事件の二日前、奈々さんが合わせていたんです。話によると、あのギターはすぐにはチューニングが狂わない。つまり、誰かが狂わせたということなんです」

思わせぶりに祐介は間をあけた。

「足立さんを殺した後、あなたがわざと狂わせたんですよね」

岩切の視線が、心なしか厳しくなった。

「あなたはこの事件が単純な強盗殺人であると思わせたかった。理由はもちろん、久世橋事件の共犯者を隠すためです」

岩切は何か言いたげにこちらを見ている。

黙って答えを待っていると、岩切は口を開いた。

「誰だって言いたい？」

「足立葉子さんです」

祐介はその瞳をじっと見つめた。

岩切は瞬きを忘れたように見返している。まるで視線を外したら認めることになってしまうかのように。

子どものころ、真佐人とした水遊びを思い出す。海に潜って先に顔を上げた方が負け。まるで一緒に海の中に顔を突っこんでいるような感覚だ。

「葉子さんはあなたの前でギターを弾いたんじゃないんですか？　でも葉子さんは長いことギターを弾いていなかったそうですね。あなたの前で久しぶりに弾くとでも言ったのでしょう」

その時、岩切は目をそらした。そうだ岩切、お前の負けだ。

「葉子さんを殺した後、チューニングの合っているギターが発見されればどうなるか？　犯人は親しい人間だったとばれてしまうかもしれない。そう思ったあなたは音程をわざと狂わせた。そういうことですよね」

真佐人はうなずく。やはりお前も気づいていたか。そうだ。奈々が直前に音程を直していたなんて岩切が知る由もない。

どうだとばかりに祐介は見つめたが、岩切の口元には笑みがあった。

だが決して余裕などない。その手は震えている。

「認めるんでしょう？　久世橋事件の共犯者について」

岩切は無言だった。

認めないつもりか。いつの間にか目が据わってきている。

「面白い想像だな」

こちらの内心を見透かしたように、岩切は言った。

きっとこの推理は当たっている。だがそれを証明するに足る証拠を、こちらが有していないと踏んでいるのだ。くそ。そう思った時に、横から声が聞こえた。

「今のことは想像などではなく事実ですよね、岩切さん」

口を開いたのは、真佐人だった。

「それを裏づける証言をしてる人がいるんです」

「なに……？」

「角谷元警部補です」

岩切は大きく目を開けたまま、歯嚙みした。

いつの間に聞き出していたのか。いや、あの角谷が話すはずはない。まさか……。

はったりか。

通じるのかこいつに。しかもばれたらまずいことになるだろう。

真佐人、お前は……。

こいつは賭けている。厳重注意どころか、検事を首になっても構わないとさえ思っている。まるでこの取調べをするためだけに検事になったとでも言いたげだ。

そう、今の俺と同じように。

「嘘をつくな！」

「あなたと足立葉子さんは昔、恋人関係だったんですよね」

真佐人は息も継がずに一気に畳みかけていく。

「彼女が共犯者だったとばれたくなかった。それがあなたの行動の全てだ」

いけ、真佐人、押し切ってしまえ。祐介は念じた。

「やめろ！」

岩切の息が切れている。完全に追いつめたようだ。

これは博打だ。一歩でも踏み違えたらジ・エンド。高いところに張られたロープを渡っていくようだ。

しばらくうつむくと、岩切は口を開いた。

「だから何だ？　角谷の言うことなど、でたらめに決まってるだろ」

上げた顔は元の悪人に戻っている。

こいつ……しぶとい。

一度は心が折れたはず。今ので全てを話すだろうと思った。だがこちらには決定的な証拠はない。

真佐人、これ以上、お前に手はないのか。

こっちも同じだ。全て出し尽くした。これ以上、駒はない。ここまで来て真実は闇の中に戻るのか。

これ以上、どうすればいい。

その時、コンコンとノックする音がした。葉月が顔をのぞかせる。

「川上くん、いい？」

祐介は一度部屋を出て、どうしましたと小声で訊ねる。

「頼まれていたＤＮＡ型の鑑定結果が出たわ」

「え、どういうことです？」

無理だと思っていたのに鑑定できていたのか。答える代わりに、葉月はメモを差し出す。それを見て、震えが来た。

祐介は胸に手を当てた。

やはり、そうだったのか。

今度こそ追い詰めてやる。

決意すると、祐介はすぐに取調室に戻る。

椅子に座った大男は上目づかいにこちらを見る。祐介はその顔をじっと見下ろした。

三十一年間、長い戦いだったよ、岩切……。

こいつは悪人だ。それは間違いない。

たとえこいつに良心の欠片が芽生えていたとしても、それだけで過去の罪をあがなえるもんじゃない。それは気まぐれの善意。いや、エゴの延長なのだろう。この鑑定結果はこちらの推測を完全に証明するものじゃない。それでも確信している。突きつければこいつが真実を語ってくれると。

「ＤＮＡ型の鑑定結果が来ました」

岩切はじっとこちらを睨んだ。

「燃えた紙幣……俺が角谷に渡したって言いたいのか」

祐介は黙って首を横に振る。

「ＤＮＡ型の鑑定をしたのは、紙幣ではありません。あなたと奈々さんの親子鑑定です」

その瞬間、岩切は大きく目を開けた。

「彼女はあなたの実の娘ですよね」

岩切は固まったように動かなかった。

「このことは奈々さん本人には知らされていないことだったんですね」

真佐人が問いかける。返事はない。それはまるで真実が漏れ出すのを必死で押しとどめようとしているような表情だった。

「母親が殺されたというだけでも奈々さんには耐えがたい衝撃でしょう。まして自分の両親が人殺しで、親同士が殺し合いをしたなんて。こんなこと絶対に知らせたくなかった。違いますか」

岩切は凍り付いたように固まっていた。

奈々のために隠そうとしたのかもしれない。だがそれは娘だけは守りたいというエゴに過ぎない。

「そんな一人よがり、誰が認めるか！」

真佐人が叫んだ。

「いい加減、真実から目をそらすな！」

祐介も続いた。

岩切は微動だにしない。

長い間があいた。

糸が切れたように岩切の両腕がだらりと垂れる。

「鴨川だ」

「えっ？」

「葉子との出会いは、鴨川だった」

祐介と真佐人は黙って岩切を見つめた。

「奈々に言えるかよ。こんなくそみたいな両親の子だって」

それは本当の意味での、初めての自白だった。

嗚咽が静まるのを待つと、岩切はそれから静かに語っていった。

「鴨川で俺はギターを弾いていた。決して上手じゃなかったが、うまくいかない人生の恨み辛みを込めて歌っていた」

そんな岩切に声をかけてきたのが足立葉子だった。彼女は良家の子女だったが、悪い男に騙されて借金を作り、親にも言えず風俗に沈んでいたという。

「死のうと思っている。葉子はあっけらかんと話した。どうやったらできるだけ人に迷惑をかけて死ねるかなと笑っていたよ」

狂気じみてはいたが、彼女に岩切は興味をひかれた。語り合ううちにいつしか結ばれたものの、そこに深い愛はない。自暴自棄になり、人生を逆転させるつもりで大山の家から金を盗み出すことを思いついた。殺す気などなかったが、見つかって殺すしかなくなったらしい。

「事件後、俺たちは盗んだ金を山分けして別れた」

岩切はその金でラーメン屋を開業するに至った。

一方、葉子には意外な展開があった。得た金で風俗をやめようとしたところ、不動産業を営む裕福な客に求婚されたのだ。盗んだ金は使うことなく金庫にしまいこまれた。

葉子には既に岩切との子が宿っていた。それを隠して結婚したのだが、年老いた夫にはそのことを追及されなかったという。

「角谷には久世橋事件の真相について気取られていたが、それだけだ。むしろ逃げ延びてくれないと困ると言われたのさ」

葉子のことはもうどうでもよかったが、実の子である奈々のことは気づかれないよう見守っていたのだという。

「あの塀の隙間からは、奈々の姿が時々見えたのさ」

生活が安定し、歳をとるごとに岩切には良心の欠片が芽生えていた。

世話になった大山を殺したこと、自分たちの代わりに殺人犯にされた西島の痛みさえわかるようになっていた。そしてある日、新聞で西島の死を知ったという。それは意外にも、実桜が取材を受けた新聞記事のことだった。

「自首しようと思った。ただ決して純粋な良心からじゃない。刑事でも民事でも罪に問われないという打算がまずあって、後ろめたさから逃れられるなら安いものだと思ったんだ」

自首するのは自分だけで、お前のことは絶対に言わない。そう話して安心させるために足立葉子の家を訪ねたのだそうだ。

「最初こそ機嫌よくギターを引っ張り出してきて演奏していたが、本題に入ると態度が急変した」

絶対に黙っていると言われても信じられないと葉子は言った。今ある生活を壊される気がしたのだろう。発作的に包丁を取り出し、切りかかってきたのだという。もみ合いになるうちに刺してしまい、彼女は助からなかった。

「殺意はなかったんですね」

真佐人が言った。

「ああ、信じてくれないかもしれないがな」

驚きはない。祐介も考えたことだった。

「だが葉子を殺してしまった罪悪感より、この先、奈々がどうなるのかという不安が一気に押し寄せた。こんな状況で俺が逮捕されりゃ、久世橋事件から葉子のことまで全部知られてしまうかもしれない」

「だから偽装工作をしたんですね」

「ああ。金目当ての強盗殺人に見せかけようとした。勝手口に回って久世橋事件と同じカム送りで侵入したように装ったのも、そのためだ」

目撃された侵入時間の不自然さはこのために起こったようだ。

「最後に俺は思い出した。葉子がギターを弾く時、久しぶりと言ってチューニングを合わせていたことを。チューニングが合っていれば、ギターを弾いたことになる。俺と葉子が親しいと思われてはいけない。だからあえて狂わせた」

自分と葉子のことは誰も知らないんだから、そんなこと気にすることもなかったのに馬鹿だと言って岩切は自虐的に笑った。

「なんで俺はあの時、あんなことをしたんだろうな」

溶けたように机にうつ伏せになると、再び嗚咽した。

長かった。

あまりにも長い時間が経ち過ぎた。

真佐人の方を見ると、天井を見上げていた。

話を聞きながらうすうす感じていたが、岩切に正当防衛が認められるかもしれない。何かがせりあがってくる。もしそうなったとしたら、減刑どころか無罪だ。俺と真佐人は、この悪人を無罪にするために全てをかけていたということになる。

真実を見て見ぬふりはすんなよ。

不意に浮かんだのは父が残した言葉だった。そうだ。後悔はない。この真実が見えているのに、見て見ぬふりなんてできるものか。

そうだよな。

横を見ると、黙って真佐人はうなずいた。

全てを語り終えた岩切は、ゆっくりと取調室から出ていった。

雨音が聞こえてくる。

真佐人は壁にもたれながら、目を閉じていた。額にはうっすらと汗がにじんでいる。珍しくその顔は疲れ切っているように映った。

「これでよかったのか」

先に口を開いたのは祐介だった。

「ああ？」

憔悴（しょうすい）した顔で真佐人はこちらを見た。

ふうとため息をつく。

「俺が一人でやってたら、もっとあっさりいったんだ」

「なに？」

「アニキのせいで苦戦した」

「うるせえよ」

祐介は睨(にら)みつけると、こぶしを突き出す。真佐人も口元を緩めると、祐介のこぶしに軽くこぶしを合わせた。

午前の取調べを終え、唐沢真佐人は窓の外を眺めていた。

久世橋事件にようやく一応の決着がついた。

岩切の裁判はまだだが、もうこの手は離れた。久世橋事件は公訴時効にかかって不起訴、足立葉子が殺された事件も正当防衛が認められるかもしれない。

共犯者である足立葉子は既にこの世にいない。また角谷は罪に問うことさえできなかった。岩切を見逃(みのが)し、盗品を受け取ったあいつに与える刑罰はまだない。

「俺は何のために検事になったんだろうな……」

真佐人は歯嚙みして壁に手をつく。

角谷だけではない。当時の京都府警で久世橋事件の冤罪や隠ぺいにかかわったその他の警察官の誰もが罪に問われることはない。何を目指していたのだろうと今でも思うのだ。まあ、考えていても仕方ない。

　さて、戻るか。仕事だ。

「お疲れ様です」

　検事室に戻ると、事務官がコーヒーを淹れてくれた。

「いただきます」

　熱いコーヒーをすすった。調書に目を落とす。とある暴行傷害事件についてのものだ。被疑者は正当防衛を主張しているが、警察側はそれを認めずに自白にこだわっている。

　ただこちらで取調べた限りでは、正当防衛は認められるという判断だ。上司とも話した結果、不起訴の決定を下した。

「正当防衛かどうかの判断って難しいですよね」

「ええ、そうですね」

　この事件だけではない。岩切の事件もそうだ。

　本当はあいつの望みどおり、罪に問うてやろうと思った。あいつは極悪人だ。本来なら極刑になるべきほどの。しかし検事として、真実が見えているのに知らないふりをするわけにはいかなかった。

「来年も検事がいてくれることになってよかったです」

事務官が微笑んでいる。辞令は来なかった。東京地検への異動と言われていたが、引き続きここにいることが決定した。

「検事は何をするにも完璧ですよね」

「そんなこと、ありません」

「ご謙遜を。検事正も褒めていましたよ」

謙遜のはずがない。完璧どころか、自分の無力さが嫌になっているくらいだ。

「それはそうと、検事」

「はい?」

「さっき太秦署から連絡があったんです」

事務官が眉をひそめたのを見て、いやな気がした。

「検事はいるかって、またあの人ですよ」

さっきから電話がかかってきていたが、無視していたのだ。ただでさえ忙しいのに、かかわっていては帰りが遅くなってしまう。このまま放置しておくに限る。

事件の調書を読んでいると、扉がノックされた。返事をする前に扉が開く。事務官ははっとした顔だ。

姿を見せたのは予想通り、兄の祐介だった。

「検事、話があるんですよ」

「暴行事件を不起訴にしたことですか」

つかつかと近づいてきて、祐介は机にどんと両手をつく。

「ええ、納得（なっとく）できません」

いくら理づめで話してやっても、すぐには納得しないだろう。あんたは強情で暑苦しくていじっぱりで……それでも俺の誇りだ。

だからもう少しつきあってやるよ、アニキ。

「困りましたね」

真佐人は眼鏡を押し上げる。

心の中で微笑みながら、冷たい目で祐介を見つめた。

本書は、書き下ろし作品です。

著者紹介

大門剛明（だいもん　たけあき）

1974年、三重県生まれ。龍谷大学文学部卒。2009年、『雪冤』で第29回横溝正史ミステリ大賞＆テレビ東京賞をW受賞。以後、次々と新作を発表し、社会派ミステリーの新星として注目を浴びる。
著書に、『シリウスの反証』『この歌をあなたへ』『罪人に手向ける花』『婚活探偵』『無罪評決』、「正義の天秤」「不協和音」シリーズなどがある。

PHP文芸文庫　不協和音3
刑事の信念、検事の矜持

2021年11月18日　第1版第1刷

著者　大門剛明
発行者　永田貴之
発行所　株式会社PHP研究所
東京本部　〒135-8137 江東区豊洲5-6-52
第三制作部　☎03-3520-9620(編集)
普及部　☎03-3520-9630(販売)
京都本部　〒601-8411 京都市南区西九条北ノ内町11
PHP INTERFACE　https://www.php.co.jp/
組版　有限会社エヴリ・シンク
印刷所　株式会社光邦
製本所　株式会社大進堂

©Takeaki Daimon 2021 Printed in Japan
ISBN978-4-569-90170-1
※本書の無断複製(コピー・スキャン・デジタル化等)は著作権法で認められた場合を除き、禁じられています。また、本書を代行業者等に依頼してスキャンやデジタル化することは、いかなる場合でも認められておりません。
※落丁・乱丁本の場合は弊社制作管理部(☎03-3520-9626)へご連絡下さい。送料弊社負担にてお取り替えいたします。

PHP文芸文庫

不協和音

京都、刑事と検事の事件手帳

大門剛明 著

兄弟にして刑事と検事。反目しあう二人の意地と信念が、数々の事件の意外な真相を解き明かす。京都を舞台とした連作ミステリー小説。

PHP文芸文庫

不協和音2

炎の刑事VS.氷の検事

大門剛明 著

刑事の兄と検事の弟、反目しあう二人が、互いの信念をかけて事件解決に挑む。ドラマ化で話題の連作ミステリー、待望の第二弾！

PHP文芸文庫

逃亡刑事

中山七里 著

警官殺しの濡れ衣を着せられた、千葉県警捜査一課警部・高頭冴子。事件の目撃者の少年を連れて逃げる羽目になった彼女の運命は？

PHP文芸文庫

蒼の悔恨

堂場瞬一 著

神奈川県警捜査一課、「猟犬」と呼ばれる刑事・真崎薫。連続殺人犯を追い、雨の横浜で孤独な戦いが始まる。堂場警察小説の新境地。

PHP文芸文庫

7デイズ・ミッション

日韓特命捜査

五十嵐貴久 著

与えられたのは7日間！　麻薬王変死事件を追う韓国エリート女刑事と警視庁の新米男刑事が、衝突を繰り返しつつも辿り着いた真相とは。

PHP文芸文庫

東京ダンジョン

福田和代 著

地下鉄全線緊急停止！「爆弾を仕掛け、東京の地下を支配した」と宣言するテロリストたちの行動を阻止できるのか。緊迫のサスペンス。

PHP文芸文庫

思い出探偵

鏑木 蓮 著

小さなガラス瓶、古いお守り袋……そんな小さな手がかりから、思い出探偵社の仕事は始まる。乱歩賞作家によるハートフル・ミステリ。

PHP文芸文庫

ねじれた過去

京都思い出探偵ファイル

鏑木 蓮 著

思い出は人を幸せにも不幸にもする――京都府警元刑事が始めた「思い出探偵社」をめぐる、切なくて懐かしいハートフルミステリ第二弾。

PHP文芸文庫

沈黙の詩（うた）
京都思い出探偵ファイル

鏑木 蓮 著

思い出が人生を狂わせることもある――京都府警の元刑事がひらいた「思い出探偵社」をめぐる、ほろ苦くも心温まるシリーズ第三弾。

PHP文芸文庫

矜持（きょうじ）
警察小説傑作選

大沢在昌／今野 敏／佐々木 譲／黒川博行／
安東能明／逢坂 剛 著　西上心太 編

おなじみの「新宿鮫」「安積班」から気鋭の作家の意欲作まで、いま読むべき警察小説の人気シリーズから選りすぐったアンソロジー。

PHP文芸文庫

引き抜き屋 1

鹿子小穂の冒険

雫井脩介 著

かけひき、裏切り、騙し合い——新米ヘッドハンター・小穂が、一流ビジネスマンを相手に奮闘する、サスペンス&感動の連作短編集。

PHP文芸文庫

引き抜き屋 2

鹿子小穂の帰還

雫井脩介 著

ヘッドハンターとして実績を積む小穂の下に、かつて自分を追い出した父の会社が経営危機との情報が入る。小穂が打った起死回生の一手とは⁉

PHP文芸文庫

第26回柴田錬三郎賞受賞作

夢幻花（むげんばな）

東野圭吾　著

殺された老人。手がかりは、黄色いアサガオだった。宿命を背負った者たちが織りなす人間ドラマ、深まる謎、衝撃の結末――。禁断の花をめぐるミステリ。

PHP文芸文庫

官邸襲撃

高嶋哲夫 著

日本の首相官邸をテロ集団が占拠。女性総理と来日中のアメリカ国務長官が人質となるなか、女性SPがたった一人立ち向かう！

PHPの「小説・エッセイ」月刊文庫

『文蔵』

年10回(月の中旬)発売　文庫判並製(書籍扱い)　全国書店にて発売中

◆ミステリ、時代小説、恋愛小説、経済小説等、幅広いジャンルの小説やエッセイを通じて、人間を楽しみ、味わい、考える。
◆文庫判なので、携帯しやすく、短時間で「感動・発見・楽しみ」に出会える。
◆読む人の新たな著者・本と出会う「かけはし」となるべく、話題の著者へのインタビュー、話題作の読書ガイドといった特集企画も充実！

詳しくは、PHP研究所ホームページの「文蔵」コーナー(https://www.php.co.jp/bunzo/)をご覧ください。

文蔵とは……文庫は、和語で「ふみくら」とよまれ、書物を納めておく蔵を意味しました。文の蔵、それを音読みにして「ぶんぞう」。様々な個性あふれる「文」が詰まった媒体でありたいとの願いを込めています。